KB209478

현실
온라인
게임

현실
온라인
게임

김동식 소설집

우주라이팅소설

어비
NIB

차례

현실 온라인 게임   **7**

이세계 과몰입 파티   **71**

내일을 부르는 키스   **121**

작가의 말   **170**

현실
온라인
게임

〈와우〉, 〈아이온〉, 〈로스트아크〉. 김남우는 과거 중독적으로 MMORPG를 즐겼다. 현생에서는 별 볼 일 없었지만, 온라인 게임 속에서는 적어도 무언가가 될 수 있었으니까. 밤새도록 게임을 하고 침대에 누워 잠들 때면 이런 생각도 했다. 현실이 온라인 게임이면 좋겠다고 말이다.

당연히 그런 망상은 현실과는 거리가 멀었다. 나이를 먹을수록 순응하며 살 수밖에 없는 노릇이니, 서른넷의 그는 중소기업의 뻔한 직장인이 되어 뻔한 삶을 살고 있었다. 잘릴 위험은 없지만 비전도 없는 일. 크게 바쁘진 않지만 크게 벌지도 못하는 일. 그런 일을 평생 하며 살아갈 거라 생각하면 눈앞이 깜깜했다. 정말 진심으로 삶이 지겨웠다. 무채색 인생에 어떻게든 색깔을 넣고 싶어 발버둥 치던 김남우는 그러다 한 여자를 짝사랑하게 되었다. 김남우는 생각했다. 혹시 그녀와 함께한다면 삶의 의미를 찾을 수 있지 않을까?

같은 회사 동료였던 그녀의 이름은 홍혜화다. 김남우는 그녀와 함께 삶의 지겨움에서 탈출하고 싶었다. 홍혜화의 표정 또한 자신처럼 무채색일 때가 많지 않았던가? 아무 의미 없는 업무 보고를 함께하던 그날, 김남우는 자신을 돌아본 홍혜화의 말 없는 미소에 모든 걸 공감받은 듯한 기분이 들었다. 혹시 그녀라면? 용기를 낸 김남우는 홍혜화에게 고백했고, 결과적으로 홍혜화는 김남우의 지겨움을 해결해 주었다. 사랑이 아닌 다른 방법을 통해서였지만 말이다.

"제가 남우 씨 데이트 신청을 거절하는 건, 주말에 너무 바빠서 그래요. 사정이 있어서 말씀 안 드렸지만,

제가 캐릭터를 키워야 하거든요."

　　그렇게 거절한 홍혜화가 휴게실을 빠져나가려 할 때, 김남우가 막아섰다. 그는 거절의 충격보다 '캐릭터'란 단어에 꽂혔다.

　　"캐릭터요? 혹시 온라인 게임 캐릭터 말씀이십니까?"

　　"네."

　　"와! 어떤 게임이죠? 저도 게임 정말 좋아합니다! 요즘은 안 하지만 한때는 〈로스트아크〉 랭커였거든요. 〈와우〉에 '검투사'라고 있는 거 아십니까? 그거였습니다, 제가. 〈테라〉랑 〈아이온〉도 되게 많이 했었고요. 아, 혹시 혜화 씨는 무슨 게임 하시죠? 〈마비노기〉 하십니까? 아니면 〈라그나로크〉?"

　　급발진해서 눈을 반짝이며 떠들던 김남우는 홍혜화가 곤란한 표정을 짓는 걸 보자 정신이 번쩍 들었다. 얼마나 멍청이같이 보였을까!

　　"죄, 죄송합니다! 제가 너무…."

　　"아니에요."

"죄송합니다. 캐릭터 키우신다는 게 너무 반가워서
요. 그, 어떤 게임이죠?"

멋쩍게 묻는 김남우에게 홍혜화는 고개를 저었다.

"죄송해요. 말씀드릴 수가 없네요."

"예? 아니 음… 왜죠?"

"죄송해요."

홍혜화는 미안한 표정을 지으며 입을 다물었고, 김
남우는 분위기상 더 묻지 못하고 어정쩡하게 물러나야
했다. 그는 그녀의 반응을 완곡한 거절이라 판단했다.
괜히 게임을 알려줬다가 같이 하자는 말이 나올까 봐 그
러는 거 아니겠는가? 그날 퇴근길에 김남우는 소주를
사 들고 집에 들어갔다.

불 꺼진 원룸에서 혼자 소주잔을 기울이는 김남우
의 모습은 처량했다. 술에 취한 그는 충동적으로 홍혜화
에게 카톡을 보냈다.

제가 수작 부리는 게 아니고요. 그냥 게임 이름이 궁금
합니다. 같이 하자고 말 안 하겠습니다. 게임 이름만 알려주

시면 안 되겠습니까? 저도 요즘 새로운 게임 찾고 있어서 말입니다.

30분쯤 뒤에야 답변이 도착했다.

정 궁금하시면 이 링크로 들어가 보세요.

"뭐야?"

김남우는 게임 홈페이지일 거란 생각으로 링크를 눌렀다. 그러나 그것은 일종의 설문 테스트였다. 그는 홍혜화에게 뭐냐고 물었지만, 카톡의 '1'이 사라지지 않았다. 김남우는 눈살을 찌푸리며 설문을 시작했다.

• 당신의 나이와 성별과 이름을 포함한 자기소개를 써 주세요.

"면접이야 뭐야?"

첫 번째 자기소개 문항을 넘기자 본격적인 문항들

이 등장했다. '매우 그렇다'에서 '매우 아니다'까지 다섯 단계로 답변을 선택할 수 있는 그 질문들은 정말 생각지도 못한 내용이었다.

- 엘프와 드워프가 남산에서 전쟁한다면 누구의 편에 서 겠습니까?

- 이 세상이 매트릭스 속 가짜란 생각을 해본 적이 있습니까?

- 현금 100만 원과 얼마가 들었는지 알 수 없는 보물 상자 중 어떤 것을 선택하겠습니까?

김남우는 질문 내용에 강렬한 흥미를 느끼며 모든 항목에 솔직하게 체크해 나갔다. 설문이 진행될수록 묘하게도 가슴이 살짝 두근거렸는데 특히 마지막 문항에서 심장이 크게 뛰었다.

• 이 세상이 온라인 게임이었으면 좋겠다고 생각해 본 적이 있습니까?

'매우 그렇다'에 체크한 김남우는 '결과' 버튼을 눌렀다. 페이지가 전환되고 로딩이 길게 이어졌다. 로딩이 끝났을 때 화면에 뜬 것은 전화번호 하나와 이런 문구였다.

이곳으로 연락해 주세요. 캐릭터 생성을 도와드리겠습니다.

김남우는 뭔지 몰라도 테스트를 통과했단 느낌이 들었고, 조심스럽게 그 번호로 문자를 넣었다. 회신은 전화로 왔다. 정중한 어조의 남자 목소리였다.

"김남우 씨? 캐릭터 생성을 축하드립니다. 김남우 씨의 캐릭터 아이디는 '김남우'입니다. 레벨은 현재 '0'이고, 레벨 1이 되면 직업을 선택할 수 있습니다."

당황한 김남우는 생각 끝에 물었다.

"아, 혹시 지금 제가 게임을 할 수 있는 자격 같은

걸 얻은 겁니까?"

"그렇다고 보시면 됩니다."

"아, 예. 그럼 게임은 어디서 설치합니까?"

"이 게임은 따로 설치가 필요하지 않습니다. 이 게임의 이름은 '현실 온라인'입니다."

"〈현실 온라인〉이요?"

"그렇습니다. 당신은 이제 현실에서 온라인 게임을 즐기실 수 있습니다. 자세한 설명은 매뉴얼로 보내드릴 겁니다. 그에 앞서 가장 중요한 절대 규칙을 몇 가지 설명하겠습니다."

남자가 설명해 준 규칙을 요약하자면 크게 두 가지였다. 역할과 세계관에 대한 몰입이 깨지지 않도록 할 것. 그리고 어떤 경우에도 비밀을 지킬 것.

"그럼 즐거운 게임 되시길 바랍니다."

"아, 네. 감사합니다."

남자가 전화를 끊은 뒤 링크가 첨부된 문자가 도착했다. 김남우는 서둘러 링크를 눌러 〈현실 온라인〉 매뉴얼을 확인했다. 예상외로 방대한 내용이었다. 매뉴얼을 읽어 내려가던 김남우의 눈이 점점 커졌다.

"와, 진짜야 이거? 정말 이게 다 가능하다고?"

김남우는 흥분하기 시작했다. 만약 여기서 설명한 대로 이뤄진다면 그건 정말 온라인 게임을 현실에서 즐기는 것이나 마찬가지였다. 김남우는 이게 진짜인지 아닌지 당장 확인하고 싶었다.

〈현실 온라인〉의 게임 맵은 서울 지하철 노선도와 똑같이 생겼는데, 지하철역마다 수행할 수 있는 퀘스트가 노란색 느낌표로 표시돼 있었다. 앉은자리에서 여기저기 퀘스트를 눌러보던 김남우는 술기운에 이끌려 집 밖으로 뛰쳐나갔다. 목적지는 가장 가까운 지하철역인 건대입구역 1번 출구였다. 평소 그냥 지나쳤던 평범한 지하철역에 정말 퀘스트가 숨겨져 있을까?

김남우는 매뉴얼이 설명해 준 방법대로 조심스럽게 수색을 시작했다. 잠시 뒤 그의 두 눈이 휘둥그레졌다. 딱지 모양으로 접힌 종이가 구석 틈에 정말로 꽂혀 있었다.

모험가님, 도와주세요! 밤만 되면 저희 마을을 노리고 찾아오는 도적 무리가 있답니다. 오늘 밤 방책 경비를 부탁드려요.

➡ 당신은 방책을 순회하며 경비를 서야 합니다. 1번 출구 계단으로 올라갔다가 6번 출구 계단으로 내려가고, 다시 복귀하는 과정을 3회 진행하세요. 동영상 촬영 후 해당 번호로 전송 시 퀘스트 완료.

내용을 확인한 김남우는 흥분했다. 당장 스마트폰을 꺼내 동영상 녹화를 켰다. 1번 출구 간판을 촬영한 후 사람들에게 티 나지 않도록 땅바닥을 촬영하며 계단을 올라갔다. 이어서 6번 출구 계단으로 내려와 다시 돌아가서는 같은 행동을 두 번 더 반복했다. 녹화한 영상은 예의 그 남자의 번호로 전송했다. 잠시 뒤 문자가 도착했다.

감사합니다, 모험가님! 덕분에 마을을 지킬 수 있었어요!

➡ 소량의 보상과 경험치를 획득하였습니다.

이윽고 그의 카톡에 '현실 온라인'이란 이름으로 '2,000원을 받으세요'라는 내용의 메시지가 도착했다. '마을에서 마련한 보상 2골드'라고 적힌 송금 봉투에 담겨서 말이다. 김남우는 놀라며 '받기' 버튼을 눌렀고 정말로 돈이 입금되었다.

"세상에!"

그동안 게임을 하며 '퀘스트 완료' 버튼을 수없이 눌러봤지만, 이번만큼 특별한 느낌을 주는 경우는 없었다. 진짜로 현실 속 퀘스트를 수행해 현실에서 보상받다니!

술이 다 깰 정도로 온몸이 간질거리던 그때, 남자에게서 전화가 왔다.

"김남우 씨 축하드립니다. 방금 경험치를 획득하면서 당신의 캐릭터 레벨은 1이 되었습니다. 이제 세 가지 직업 중 하나를 선택할 수 있습니다. 마법사, 성직자, 기사 가운데 하나를 선택하시지요."

"아, 그럼 마법사요."

김남우는 조금의 망설임 없이 대답했다. 마법사는

김남우가 게임에서 가장 좋아하는 클래스였다.

"축하드립니다. 마법사로 전직하셨습니다. 다음 전직은 레벨 10에 가능합니다. 마법사 클래스에 관한 정보는 링크로 보내드리겠습니다."

통화가 끝난 뒤, 김남우는 전달받은 링크로 마법사 정보를 확인했다. 내용을 훑던 그의 눈이 번쩍였다.

"이런 스킬을 진짜 쓸 수 있다고?"

김남우는 믿기지 않았지만, 설명 자체는 충분히 설득력 있게 느껴졌다. 예를 들어 마법사 레벨 5에서 배울 수 있는 스킬 「음성 증폭」을 사용하면 원하는 문구를 신문 《벼룩시장》에 작게 실을 수 있었다. 재사용 대기 시간은 30일이었는데, 레벨에 따라 시간이 단축되었다.

"와! 「텔레포트」도 있잖아?"

레벨 7에서 사용할 수 있는 스킬 「텔레포트」는 무려 택시를 선결제로 불러주는 마법이었다. 재사용 대기 시간이 20일이긴 했지만, 범위가 서울 안이라면 어디든 다 가능했다. 당연히 레벨에 따라 거리와 재사용 대기 시간도 달라지고 말이다.

김남우는 최근 들어 가장 즐거운 얼굴이 되었다. 매뉴얼 맵을 펼쳐 지하철 노선도마다 떠 있는 온갖 퀘스트 느낌표를 확인했다. 수많은 퀘스트와 보상, 레벨 업, 스킬. 이건 정말 온라인 게임 그 자체였다. 이대로 집에 들어갈 수 없었던 그는 지하철을 타고 성수역 2번 출구로 향했다. 거기서도 매뉴얼 맵을 따라 가니 쪽지를 발견할 수 있었다.

빌어먹을! 마법사 잭 다니엘이 내 그림을 불법으로 복제해서 팔아먹고 다닌다더군. 그를 고소하기 전에 증거를 먼저 수집해야겠어. 내 그림의 복제본을 확보해 주거나.

➡ **당신은 암거래 시장에서 그림을 회수해야 합니다. 성수역 근처에서 불법 명함을 20장 수집하세요. 동영상 촬영 후 해당 번호로 전송 시 퀘스트 완료.**

김남우는 잠깐 불법 명함이 뭔지 생각해 보다가 이내 깨달았다. 길거리에 뿌려진 유흥업소 명함이랄지 정체불명의 명함 따위를 말하는 것이리라. 김남우는 스마트폰을 켜고 작업을 시작했다. 이번 일은 아까처럼 빠르게 끝내지 못했다. 그런 명함을 스무 장이나 찾아내 줍는다는 건 생각보다 힘든 일이었다. 심지어 그걸 줍고 있는 장면을 주변 사람들이 볼 땐 민망하기도 했다. 그렇다고 "제가 여길 이용하려는 게 아니라, 퀘스트를 수행 중이거든요?"라고 설명할 수도 없는 노릇이었다.

꽤 많은 시간이 걸려 김남우는 작업을 완료했고, 동영상을 문자로 보냈다.

이런 망할! 이렇게나 많이 복제했단 말이지? 가만두지 않겠어, 진짜! 아, 자네에게는 고맙군. 보상으로 내 그림을 한 점 주지.

➡ **소량의 보상과 경험치를 획득하였습니다.**

이번에도 〈현실 온라인〉에서 카톡이 도착했다. 작은 그림 액자 소품이 '선물하기' 기능으로 도착해 있었다. '쓰레기통에 버렸던 그림을 급히 포장해서'라는 카드 메시지와 함께.

"와…."

솔직히 이런 싸구려 인테리어 소품이 필요하진 않았지만, 김남우는 순수하게 기뻤다. 재미를 느끼게 해주는 것 자체가 최고의 보상이었다. 이윽고 문자도 도착했는데, 이번에 획득한 경험치 포인트와 '김남우' 캐릭터가 레벨 업을 하는 데 필요한 경험치 포인트를 알려주는 내용이었다. 김남우는 캐릭터 육성 욕망이 솟구쳤다. 오늘은 너무 늦어서 일단 집에 들어가야 했지만, 집에 도착해서도 잠이 쉽게 들지 않았다. 결국 침대에 누워 스마트폰으로 〈현실 온라인〉 매뉴얼 페이지를 뒤적거리다가 늦게서야 잠들었다.

비몽사몽인 상태로 출근한 김남우는 사무실에 앉아 있는 홍혜화를 보자마자 흥분해서 다가갔다.

"저도 〈현실 온라인〉 했습니다."

흠칫 놀란 홍혜화는 이내 배시시 웃더니 김남우를 휴게실로 데려갔다.

"그 게임 약관 중에 '비밀 엄수 의무'가 있는 거 아시죠? 이렇게 게임 이름을 막 말하면 안 돼요."

"아! 죄송합니다."

"재밌었죠?"

"예, 정말 재밌더군요. 덕분에 이런 재밌는 게임도 하게 됐습니다. 감사합니다. 근데 혜화 씨는 언제부터 이 게임을 했습니까?"

"6월부터 했던 것 같아요."

"아, 그럼 지금 레벨이 어떻게 되시죠? 어떤 클래 스입니까?"

"레벨은 7이고 성직자예요."

"아! 레벨이 높으시네요. 전 마법사입니다. 성직자 는 어떤 스킬이 있는지 궁금하군요."

김남우와 홍혜화는 퇴근 후에도 카톡과 전화로 〈현 실 온라인〉 이야기를 나누었다. 두 사람은 급속도로 친 근한 사이가 되었지만 연인으로 이어질 기미는 보이지 않았다. 김남우는 급하게 생각하지 않기로 했다. 이제는 퇴근 후 무척이나 하고 싶은 일이 생겼으니까.

제가 곧 혜화 씨 레벨 따라잡겠습니다.

좋아요. 파이팅하세요.

다음 날 퇴근 시간, 김남우는 홍혜화와 인사를 나누고선 칼같이 회사를 빠져나왔다.

그는 바로 광화문역 6번 출구로 향했다. 한데, 그곳에는 그보다 먼저 쪽지를 줍는 사람이 있었다. 당황한 김남우는 먼발치에서 그 사람을 보다가 발길을 돌리며 새삼 고개를 끄덕였다. 이런 재밌는 게임에 유저가 많은 것이 당연한 일 아닌가.

지하철 노선도 맵을 보던 김남우는 광화문역 5번 출구 쪽에도 느낌표가 있다는 것을 확인하고 그곳으로 갔다. 이번엔 다행히 다른 사람보다 한발 먼저 퀘스트를 수락할 수 있었다.

'오우거 목에 방울 달기'라는 속담 아나? 아, 모른다면 잘 됐군. 누군가는 오우거 목에 방울을 걸어야 하는데, 자네가 해볼 텐가?

➡ 당신은 잠든 오우거의 발목에 알람 마법진을 새겨야 합

니다. 해머링맨 발목에 다음과 같은 문양을 쓰세요. 'ㅇㅁX ㅁㅁ.' 제한 시간 금일 21시까지. 사진 촬영 후 해당 번호로 전송 시 퀘스트 완료.

"'해머링맨'이 뭐야?"

김남우는 인터넷에 해머링맨을 검색했고, 그것이 흥국빌딩 앞에 있는 20미터 높이의 인간 형상 조형물 이라는 사실을 알아냈다. 실제하는 거대 조형물을 오우 거라 취급하고선 임무를 주다니. 김남우는 퀘스트 설계 가 정말 기가 막히다며 감탄했다. 그는 흥국빌딩을 찾아 가 그곳에서 만난 해머링맨의 발목에 작은 낙서를 그렸 다. 사람들에게 들킬까 봐 조마조마했기에 얼른 사진을 찍고 빠져나왔다. 물론 퀘스트 완료 사진 전송도 최대한 빠르게 마쳤다.

'뿌뿌뿡!' 오! 자네도 이 소리 들리나? 그놈이 근처로 다가 오면 저절로 알람이 울리지! 보상은 일단, 도망치면서 얘기 하세!

➡ 소량의 보상과 경험치를 획득하였습니다.

　마침 서둘러 자리를 피하고 있던 김남우는 게임과 현실의 싱크로율이 엄청나다는 실없는 생각을 하며 보상 카톡을 확인했다. 〈현실 온라인〉이 '사냥꾼 연합에서 각출한 2골드'로 2,000원을 송금한다는 내용이었다. 하지만 이런 푼돈보다 더 기쁜 소식이 문자로 전해졌다.

레벨 업! 축하드립니다. 마법사 레벨 2를 달성하였습니다.

　"좋아!"
　김남우는 오늘 레벨 3을 찍을 생각으로 지하철 노선도 맵을 펼쳤다. 그 뒤로 무려 네 건이나 더 퀘스트를 완료하고 나니 어느새 김남우는 레벨 3이 되어 있었다. 마법사 레벨 3에서는 처음으로 「마법 폭탄」이란 스킬이 주어졌다. 자기가 원하는 번호에 문자 폭탄이 떨어지게 할 수 있는 마법이었다. 첫 스킬 사용을 기대해 왔던 김남우는 곧장 실험해 보기로 했다. 사용 방법은 스킬 이름을 남자에게 문자로 보내는 것이었다.

「마법 폭탄」!

그러자 이런 답 문자가 왔다.

「마법 폭탄」을 사용할 대상을 선택하세요.

김남우는 일단 자신의 전화번호를 답장으로 보냈다. 몇 초 뒤 그의 스마트폰에 모르는 번호로 문자 100통이 동시에 쏟아졌다. 내용은 어이없게도 모두 'Boom!'이었다. 김남우는 웃음이 났다. 정말 하찮지만, 싫어하는 사람에게 작은 테러를 가할 수 있다니, 나름 통쾌한 능력 아닌가.

스킬 「마법 폭탄」을 사용하였습니다. 남은 재사용 대기 시간은 6일입니다.

"아하, 이런 시스템이구나."

김남우는 첫 스킬 사용에 크게 만족했다. 진짜 마법을 쓰는 건 아니더라도 뭔가 특별한 옵션을 가진 사람이 되었다는 것 자체가 즐거웠다. 게다가 레벨이 올라갈수록 다양한 스킬을 쓸 수 있을 것 아닌가? 〈현실 온라인〉은 그에겐 정말 최고의 게임이었다. 게다가 오늘은 보상으로 받은 돈이 6,000원이나 되니까, 얼추 밥 한 끼 값은 번 셈이다. 싱글벙글한 김남우는 집에 들어가기 전에 퀘스트 하나를 더 깨고 들어갔다. 그 탓에 새벽 1시가 넘어서야 침대에 누웠으나 전혀 피곤하지 않았다. 더 하고 싶기만 했다. 엄청난 중독성이었다. 그런 나날이 일주일간 이어졌고, 김남우는 어느새 마법사 레벨 5를 찍었다. 홍혜화의 말에 비추어 보면 엄청난 속도였다. 주말 이틀을 통째로 퀘스트에 썼던 것이 한몫한 듯했다.

레벨 5부터 퀘스트 수준은 완전히 달라졌다. 그때부터는 또 다른 세계였다. 지하철 노선도 맵에 신입 모험가용 퀘스트의 노란색 느낌표뿐만 아니라, 중급 모험가용 퀘스트의 초록색 느낌표까지 나타났다. 김남우는 설레는 마음으로 첫 번째 중급 모험가용 퀘스트를 수행하기 위해 종각역 1번 출구를 찾아갔다. 도착하자마자 놀랐다. 퀘스트 내용이 적힌 쪽지로 주는 게 아니었다. 퀘스트 NPC가 존재했다. NPC는 엘리베이터 앞에 서 있었는데, 정장을 입은 평범한 직장인 같았다. 김남우가 매뉴얼에서 본 대로 "왕실 마차는 언제쯤 도착하는 거야"라고 중얼거리자 남자가 곧바로 말을 걸어왔다.

"왕실 마차가 습격당했습니다. 저 혼자 겨우 여기까지 도망쳤지만, 얼마나 더 버틸 수 있을지 모르겠습니다. 이 물건만은 무사히 왕실에 도착해야 합니다. 당신이 부디 이 물건을 왕실에 전달해 주세요."

김남우는 굉장히 당황했다. 말을 전하는 남자의 얼굴도 부끄러운 듯 새빨간 상태였다. 스마트폰을 보며 국어책 읽듯 대사를 말하는 그의 모습에서 김남우는 한 가지 사실을 유추할 수 있었다. 이 남자도 실은 자신과 같은 〈현실 온라인〉 유저고 모종의 이유로 이렇게 NPC 역할을 하는 거라고. 어쩌면 이렇게 연기하는 것 자체가 이 남자가 받은 퀘스트는 아닐까?

김남우도 퀘스트 매뉴얼에 뜬 내용을 국어책 읽듯이 읽었다.

"제가 꼭 그 물건을 왕국에 전달하겠습니다."

남자는 김남우의 대사를 확인한 다음에야 만년필 하나를 꺼냈다. 마치 대사가 암구호 역할을 하는 듯했다.

"그럼 부탁합니다."

남자는 만년필과 쪽지를 김남우에게 건네주고는 곧장 뒤돌아 재빠르게 떠나갔다. 이런 역할 플레이가 자칫 수치심을 일으킬 수도 있겠지만, 김남우로서는 이런 설정이 오히려 마음에 들었다. 게임의 몰입도를 높여주니까 말이다.

김남우는 만년필과 함께 받은 쪽지의 내용을 확인했다.

➡ 왕국의 서명을 위해 특수 제작된 만년필입니다. 적들의 손에 들어가면 서명이 위조될 위험이 있으니, 반드시 왕국에 무사히 전달되어야 합니다. 만년필을 인천역 물품 보관

함에 넣으세요. 제한 시간 금일 자정. 동영상 촬영 후 해당 번호로 전송 시 퀘스트 완료.

"인천이라고?"

김남우는 눈살을 찌푸렸다. 왕복 3시간은 소요되는 퀘스트였다. 그렇지만 처음으로 하는 중급 퀘스트를 포기할 순 없었기에 그는 지하철역으로 이동했다. 가는 동안 심심했던 김남우는 스킬 「마법 폭탄」을 사용했다. 대상은 평소 짜증 나던 꼰대 직장 상사였다. 'Boom!' 문자 폭탄 100통이 쏟아졌을 터였다. 혼자 키득거리며 웃고 나서 김남우는 내친김에 레벨 5 마법사 스킬도 사용해보기로 했다. 요전번 언뜻 확인한 대로 《벼룩시장》에 작은 문구 하나를 실을 수 있는 스킬인 「음성 증폭」을 사용한다고 남자 번호로 전했다. 고민 끝에 그는 이런 문구를 작성했다.

정재준 부장이 회사 비품실에서 맥심 두 곽을 가져간 걸 고발합니다. 완전 쓰레기입니다.

예상보다 훨씬 속이 확 시원해졌다. 스킬 효능감이 꽤 크지 않은가? 김남우는 쿨타임이 찰 때마다 스킬을 꼭 사용해야겠다고 생각했다.

스킬 「음성 증폭」을 사용하였습니다. 사용 결과는 신문 발행 후 문자로 고지됩니다. 남은 재사용 대기 시간은 13일입니다.

"좋아."

김남우는 〈현실 온라인〉의 합리적인 시스템에 몇 번이고 만족했다. 그는 매뉴얼 링크를 눌러 〈현실 온라인〉 세계관의 방대한 스토리를 다시 읽기 시작했다. 어느새 금세 인천역이었고, 무난히 퀘스트를 완료했다.

자네가 만년필을 배달해 주었군? 고맙네. 아니, 자네가 굳이 성안까지 들어올 필요는 없고. 에헴. 만년필은 내가 직접 전달해 드리도록 할 테니, 그만 가보게.

➡ 보상과 경험치를 획득하였습니다.

문자를 살펴보던 김남우는 '보상'이라는 말 앞에 '소량의'가 빠졌다는 걸 눈치챘다. 실제로 〈현실 온라인〉에서 도착한 보상은 이전보다 한결 높아진 수준이었다. '공을 가로챈 후작이 만일에 대비해 입막음용으로 지급한 운송비 20골드'라는 송금 봉투에 자그마치 2만 원이나 담겨 있었다. 앞서 1,000원 단위로 벌 때는 체감하지 못했던 성취감이 2만 원쯤 되니까 확 다가왔다. 월급 실수령액이 300만 원이 안 되는데, 퀘스트 한 번에 2만 원? 게임을 즐기는 것을 넘어 분명 현실적으로 도움받을 수 있는 수준이었다. 게다가 중급이 이 정도면, 고급 퀘스트는?

김남우의 캐릭터 육성 욕망이 그 어느 때보다 강렬하게 타올랐다. 그는 곧장 지하철 노선도 맵을 펼치고, 동선이 가장 좋은 초록색 퀘스트가 어딘지를 찾아보았다.

"신정네거리역?"

집 근처 건대입구역과는 반대 방향이었지만 김남우는 신정네거리역 쪽으로 움직였다. 하지만 구로역쯤 도착했을 때, 신정네거리역의 초록색 느낌표가 사라졌다.

아무래도 다른 유저가 그 퀘스트를 가져간 듯했다. 짜증 난 김남우는 급하게 다시 맵을 펼친 다음 노량진역으로 이동했다. 이번에는 다행히 그가 먼저 퀘스트를 가져갈 수 있었다. 이번 퀘스트는 QR코드를 스캔하면 제공되는 웹툰으로 전달되었다. 시각화되니까 좀 더 게임에 몰입되었다. 웹툰 내용은 크라켄을 만나 표류하게 된 해적들 이야기였는데, 김남우가 해야 할 일은 뜻밖에도 NPC 역할이었다.

"내가 길에서 다코야키를 팔아야 한다고?"

이게 가능한가 하는 의문이 먼저 들었지만, 김남우는 일단 웹툰이 알려주는 장소로 이동했다. 노량진역 5번 출구로 나와서 조금 걸어가 보니 진짜로 한구석에 다코야키 노점이 천막을 친 채로 존재했다. 김남우는 난감했다. 정말 다코야키를 만들어서 팔아야 하나? 평생 해본 적 없는 일인데?

퀘스트를 포기할 수도 없는 노릇이니, 일단 김남우는 조심스럽게 천막을 걷어보았다. 놀랍게도 안에는 이미 만들어진 다코야키 상자 두 개가 존재했다. 다코야키를 직접 만들지 않아도 된다는 게 천만다행이라고 안도하며 김남우는 노점 안쪽으로 들어가 자리를 잡고 앉았다. 이제 〈현실 온라인〉 유저가 찾아오길 기다리기만 하면 됐는데, 그건 좀 지겨운 일이었다.

"근데 이건 언제 만든 거야?"

다코야키 상자를 열어보니, 어제 만들었다고 해도 믿을 만큼 다 식어빠진 눅눅한 다코야키가 보였다. 절대 못 먹겠단 생각으로 뚜껑을 닫던 김남우는 화들짝 놀랐다. 노점에 손님이 찾아온 것이다. 사회 초년생처럼 보이는 남자였다.

"다코야키 하나 주세요."

"예? 아… 그? 다코… 야키요?"

김남우는 몹시 당황했다. 얼른 웹툰 페이지의 설명을 확인했고 그제야 이 손님이 〈현실 온라인〉 유저가 아닌 평범한 손님이란 사실을 깨달았다.

"죄송합니다. 오늘 장사가 다 끝나서요."

"그건요?"

"아, 그… 음. 이건 예약된 겁니다."

"아, 네…."

손님이 기분 나쁜 눈빛을 남기며 떠났고 김남우는 진땀을 뺐다. 자신 인생에 이런 장면이 있으리라고 상상이나 한 적이 있었던가? 다코야키 노점에서 손님을 응대하는 장면 말이다.

얼마 뒤, 한 여자가 찾아왔다. 쭈뼛대는 모습에 김남우는 직감했다. 아니나 다를까, 남다른 대사가 흘러나왔다.

"해적단이 크라켄의 한쪽 다리를 자르는 데는 성공했다고 들었는데요. 맞습니까?"

여자는 민망했는지 김남우와 눈을 못 마주쳤는데, 그건 김남우도 마찬가지였다. 김남우는 얼른 스마트폰 화면을 보며 자신이 해야 할 말을 국어책 읽듯 읽었다.

"그, 그렇소. 표류한 해적단이 크라켄 다리 고기로 겨우 연명하고 있다더군. 이걸 모험가 길드로 가져간다면 모두가 믿겠지."

김남우는 다코야키 상자 하나를 여자에게 내밀었고, 여자는 인사를 한 다음 부리나케 도망갔다. 이후 또 다른 남자 한 명과 같은 일을 반복했고, 김남우도 노점을 벗어났다.

크라켄 고기 맛을 본 모험가들이 천상의 맛이라며 극찬하더군. 크라켄 토벌대가 구성되어 출항했다는 소식이네. 해적들? 글쎄, 가는 길에 구해줄지 어쩔지. 그건 모르겠군.

➡ **보상과 경험치를 획득하였습니다.**

이번에 〈현실 온라인〉에서 온 보상 카톡은 현금이 아니었다. '크라켄 고기가 맛있는 게 아니라 당신의 요리가 맛있었던 거군요'라는 메시지와 함께 '가정용 다코야키 기계' 선물이 도착해 있었다. 김남우는 이게 뭔가 싶었지만, 레벨이 6으로 올랐기 때문에 만족했다. 확실히 중급 퀘스트가 경험치를 많이 주는 것 같았다. 이후로 김남우는 초록색 느낌표만 찾아서 깨고 다녔다. 그러는 동안 그의 삶은 활력이 넘쳤는데, 중급 퀘스트를 깨는 과정에서 다코야키 노점 주인이 되는 것만큼이나 신선한 일들을 경험했기 때문이었다. 만약 〈현실 온라인〉이란 게임을 하지 않았더라면 그의 인생에 존재하지 않았을 장면이 많이 생겼다. 살면서 모르는 사람 때를 밀어주는 일이 있었을까? 팻말을 들고 시위 현장에 서는 일이 있었을까? 단언컨대 없었을 터다. 김남우는 상상조차 못 했던 행동을 하는 스스로가 신기했고 마음에 들었다. 주변에서도 김남우를 보고 달라졌단 말을 많이 했다.

"너 요즘 표정이 좋다? 뭐 좋은 일 있냐?"

김남우는 그때마다 웃으며 얼버무렸다. 심지어 직장 상사는 대놓고 생동감이 느껴진다며, 비결이 뭐냐고 가르쳐 달라고 떼쓰기도 했다. 김남우는 비밀 엄수 의무를 지켰다. 그게 〈현실 온라인〉의 절대 원칙이었으니까. 사실 그게 아니더라도 남들과 공유하고 싶지 않은 마음도 있었다. 개나 소나 이 멋진 게임을 즐기게 두고 싶지 않았다. 오직 특별한 사람들에게만 허락된 게임이어야 했다. 소속감과 자부심이 결합한 이러한 감정을 홍혜화도 똑같이 느끼는 듯했다. 언제나 둘이서만 게임 얘길 했는데, 그 어떤 누구도 끼어들 여지를 주지 않았다. 자연스레 두 사람의 관계는 비밀을 공유하는 동료이자 호감을 느끼는 사이로 바뀌어 있었다. 김남우는 홍혜화와 같은 레벨 9가 되었을 때 데이트를 신청했다. 매드포갈릭에서 만족스러운 식사를 마친 후, 김남우는 마음을 고백했다.

"마법사 레벨 9 스킬이 「서명 복사」거든? 재사용 대기 시간은 20일인데, 사용하면 무작위 식당 쿠폰을 준데. 다음에는 아웃백 갈래?"

홍혜화의 반응도 긍정적이었다.

"성직자 스킬 중에 「성수 제조」가 있어. 덕분에 집에 와인이 많아, 내가. 같이 먹을까?"

"좋지."

두 사람은 대화를 나누며 자연스럽게 연인 관계로 발전했다. 다만 우려되는 점이 있었다.

"근데 우리 퀘스트 하느라 바빠서 데이트할 시간이 있을까?"

"적당히 해야지, 뭐."

"레벨 10이 코앞인데 적당히가 안 되잖아, 솔직히.

아무래도 우리 강제로 규칙을 정해야겠다."

둘은 일단 일요일 하루를 퀘스트 없는 날로 정했다. 원래 처음 시작하는 연인이면 매일 데이트해도 모자랄 판이지만, 김남우와 홍혜화한텐 레벨 업이 더 급했다. 그 점은 둘 다 서로 인정하는 바였다.

이윽고 일요일, 두 사람은 연인으로서 첫 데이트에 나섰다.

"나 일요일에 퀘스트 안 하는 거 처음이야."

"나도."

데이트 내내 두 사람의 대화 주제는 〈현실 온라인〉이었다.

"나 어제 퀘스트 보상으로 햇반 받았어. 샌드웜을 무찔렀더니 농민들이 보상으로 주더라고."

"아, 진짜? 이 게임은 그런 디테일이 참 좋은 것 같아. 엘프 종족 도와주면 식사 대접한다고 과일 세트 줄 때 있는 거 알아?"

"오, 그래? 어디 역에서 깼는데, 그 퀘스트?"

두 사람은 솔직히 다른 걸 하는 것보다 카페에 앉

아 〈현실 온라인〉 이야기를 하는 게 가장 즐거웠다. 이런 이야기를 할 수 있는 상대가 서로밖에 없었기에 무척 소중했다. 그렇다고 해서 그들의 연애가 상대방이 아닌 〈현실 온라인〉에만 집중한다는 건 아니었다. 오히려 〈현실 온라인〉 이야기를 하면서 서로를 더 깊이 이해했다.

"혜화야. 솔직히 난 어릴 때부터 평범했어. 근데 속으로는 항상 내가 정말 특별하다고 생각했지. 현실은 너무 평범하고 뻔했지만 말이야. 그러다 보니 뭐랄까… 내가 내 삶의 길을 걷는데, 한발 떨어져서 걷는 기분 알아? 마치 제3자인 것처럼, 그렇게 말이야. 삶이란 게 누군가 내게 쥐여준 선물 상자일 텐데, 선물이 마음에 들지 않아서 뚱한 표정을 짓고 있는 꼬마 아이가 나였던 거지. 진심으로 항상 난 내가 특별하길 바랐어. 그래서 이렇게 〈현실 온라인〉에 빠진 거야. 〈현실 온라인〉을 하고 있으면 내가 특별하게 느껴지거든."

"누구나 그렇지 뭐. 나도 솔직히 말할까? 난 아마 애정 결핍일 거야. 겉으로 전혀 그렇게 안 보이지? 근데

〈현실 온라인〉에서 내가 일부러 많이 하는 퀘스트가 뭔 줄 알아? 사람들을 구원하는 것들이야. 난 사람들이 내게 고마워하고 환호하는 게 너무 좋아. 성직자 캐릭터를 고른 것도 그런 이유 때문이야. 힐러는 모두에게 환영받거든. 이거 역시 애정 결핍 때문이겠지?"

"에이, 누구나 그렇지 뭐."

시간이 흐를수록 둘의 사이는 순조롭게 깊어졌다. 그게 다 〈현실 온라인〉 덕분이었기에 둘의 사이에서 〈현실 온라인〉은 빠질 수 없는 중요한 요소가 되었다. 그런데 만약 이 게임이 서비스 종료를 한다면 어떻게 될까? 문득, 김남우는 예전부터 궁금했던 걸 물었다.

"근데 이 게임은 도대체 어떻게 운영되는 거지? 우리가 현질을 하는 것도 아니고, 오히려 우리한테 돈을 퍼주잖아. 어떻게 돈을 버는 거야?"

"글쎄?"

"그런 생각 한 번도 안 해봤어?"

"해본 적은 있는데, 깊게 생각해 보진 않았어."

"흠. 나도 그래."

김남우는 새삼스럽게 큰 호기심이 생겼다. 사실 〈현실 온라인〉을 접한 뒤 단 하루도 쉰 적이 없었기에 그런 생각을 못 했던 거지, 게임을 쉬면서 생각해 보니 너무나도 이상한 일이었다.

"이거 말도 안 되네, 진짜. 어떻게 돈을 버는 거야? 자선사업을 할 리가 없잖아?"

"그건 그렇지. 궁금하네."

"뭔가 수익 구조가 있어야 할 텐데… 그게 뭐지?"

김남우는 곰곰이 생각해 보다가 가장 간단하고 확실한 방법을 택했다.

"물어봐야겠다."

"어디에?"

김남우는 예의 그 남자 번호로 문자를 보냈다.

〈현실 온라인〉은 왜 무료로 이런 서비스를 해주는 겁니까? 어떤 수익 구조가 있는 겁니까?

답장은 생각보다 빨리 왔다.

처음에 설명해 드렸지만, 세계관 몰입을 깨는 행위는 절대 금지입니다.

"이렇게 왔네, 문자가."

"하긴. 수익 구조를 따지는 건 조금 깨긴 해."

"그래도 음, 좀 꺼림칙하네."

이날 김남우는 그동안 찬양하기만 하던 〈현실 온라인〉에 처음으로 의심을 품었다. 하지만 막상 월요일이 되자 별생각 없이 열심히 퀘스트를 달렸다. 레벨 10부터 고급 퀘스트 수행이 가능하고 직업 전직도 크게 확장된다고 하니까 말이다. 레벨 9에서 레벨 10으로 올라가는 건 굉장히 더뎠는데, 두 번째 데이트하기 전날인 토요일에야 겨우 레벨 10에 올랐다.

레벨 업! 축하드립니다. 마법사 레벨 10을 달성하였습니다. 상위 직업으로 전직이 가능합니다. '전직의 주문서'는 고급 퀘스트 수행 시 랜덤 이벤트로 출현합니다.

"좋아!"

김남우는 바로 맵을 펼쳤고, 고급 퀘스트인 붉은색 느낌표들을 확인했다. 붉은색 느낌표가 떠 있는 지하철 역은 얼마 없었고 그중 가장 가까운 뚝섬역으로 곧장 이동했다. 가슴이 두근거렸다. 얼마나 대단한 퀘스트와 보상이 주어질까? 한데, 처음으로 고급 퀘스트를 접한 김남우는 당황할 수밖에 없었다.

왔는가! 자네 같은 전력이 공성전의 선봉에 서준다면 정말 든든하지! 자네의 마법으로 성벽을 무너뜨려 주게!

➡ 견고한 성벽에 구멍을 뚫어야 아군의 피해를 줄일 수 있습니다. 서울 보근중학교 뒷문 자물쇠를 몰래 절단해 놓으세요. 제한 시간 오늘 밤. 동영상 촬영 후 해당 번호로 전송 시 퀘스트 완료.

"뭐?"

퀘스트의 내용은 충격적이었다. 다시 찬찬히 읽어 봤지만 잘못 읽은 게 아니었다. 이건 그냥 범죄 아닌가?

김남우는 절단기로 자물쇠를 부숴놓는 자기 모습을 상상해 보았지만 잘 그려지질 않았다. 오히려 누군가에게 발각되는 모습만 떠올랐다. 만약 발각된다면 뒷감당할 엄두가 나질 않았다. 아무리 생각해도 이건 아니다 싶었던 그는 처음으로 '퀘스트 포기' 문자를 보냈다.

뚝섬역 4번 출구 퀘스트를 포기하였습니다. 당신의 명성이 하락하였습니다.

"아! 망할!"

명성에 따라 맵에 뜨는 퀘스트 수가 달라진다는 걸 김남우도 매뉴얼을 통해 알고는 있었다. 그동안 명성이 하락할 일이 없어서 신경 쓰지 않았는데, 이런 식이었던 거다.

김남우는 바로 맵을 확인해 다른 고급 퀘스트를 찾아 나섰다. 새 퀘스트를 받으러 가는 길에도 불길한 예감이 들었는데 역시나 예상대로였다.

다들 우리 도적 길드를 은근히 무시하지만, S급 도적은 국가도 훔친다는 말이 있지. 그런 의미에서 자네의 자질을 한 번 테스트해 보고 싶은데 말이야.

➡ 당신은 도적 길드의 입단 테스트를 받을 기회가 생겼습니다. 문화일보 기자의 사원증을 훔쳐 아래 주소로 전달하세요. 제한 시간 이틀. 사원증 도착 시 퀘스트 완료.

김남우는 어이가 없었다. 설마 고급 퀘스트는 전부 이런 식이란 말인가? 진짜 범죄를 퀘스트로 포장해서 저지르게 하는 건가?

"아!"

순간, 김남우는 〈현실 온라인〉이 어떻게 수익을 내는지에 대해 궁금했던 기억이 떠올랐다. 이런 고급 퀘스트를 통해 어떤 수익을 내는 것이었나? 범죄를 저지르게 해서?

"미친. 이걸 누가 해?"

그렇게 말하면서도 한편으로 김남우의 머릿속에는 정반대의 생각이 떠올랐다. 누군가는 하기 때문에 〈현실 온라인〉이 유지되는 것 아닐까?

다음 날 일요일, 김남우는 홍혜화와 스타벅스에서 만나 어제의 경험담을 털어놓았다. 상상도 못 했던 내용에 홍혜화는 크게 놀랐다. 김남우는 밤새 생각한 내용을 덧붙였다.

"내 생각에 〈현실 온라인〉의 수익 구조는 범죄와 관련된 것 같아. 유저에게 특정 범죄를 지시하고, 그걸 이용해 어떤 이익을 보는 거지. 말하자면, 이 게임의 정체는 범죄자 집단 양성소인 거야."

"근데 시킨다고 누가 범죄를 저지를까?"

"글쎄, 누군가 하니까 이 게임이 유지되는 거 아니겠어? 그리고 내가 어제 퀘스트를 두 번 포기하면서 명성이 많이 떨어졌거든. 맵에 뜨는 퀘스트 느낌표가 절반이상 사라져 버렸더라고."

"진짜?"

"솔직히 많이 당황했어. 너도 알겠지만, 이건 정말 심각한 타격이잖아? 퀘스트 동선이 다 망가지니까. 당장 가까운 지하철역에 퀘스트가 없으면 힘들잖아. 멀리

까지 퀘스트 얻으러 갔다가 누가 선점해서 사라지면 그
보다 짜증 나는 일도 없고."

"그건 그렇지."

"명성을 다시 높이려면 레벨을 올려야 하는데, 중
급 퀘스트로 그 경험치를 감당할 수 있을까? 레벨 9에
서 레벨 10까지 가는 데만도 엄청나게 오래 걸렸는데.
고급 퀘스트에서 주는 경험치가 절실해지겠지."

"아무리 그래도 범죄인데…."

"글쎄. 너도 이 〈현실 온라인〉의 중독성 알잖아. 캐
릭터 레벨 올리는 게 얼마나 재미있었어? 레벨 11이 되
면 또 새로운 스킬을 배울 텐데? 2차 전직하면 또 달라
질 텐데? 육성 욕망은 결국 범죄까지도 저지르게 할 거
라고 봐. 고급 퀘스트 내용을 보고 안 들킬 수 있을 것
같다 싶으면, 시도해 보지 않을까?"

"그건 좀 무섭다."

김남우는 홍혜화의 말에 공감했다. 그는 자신이 정
말 위험한 게임을 시작한 것일지도 모른다는 생각이 들
었다.

"물론 이건 다 그냥 내 추측에 불과하지만, 조심해야 할 것 같긴 해. 이 게임을 마냥 지금처럼 즐겨도 되는지, 잘 생각해 봐야 할 것 같아."

"그래."

말은 그렇게 했지만 김남우도 당장 게임을 끊겠다는 건 아니었다. 사실 어떻게 게임을 그만두는지조차 몰랐다. 컴퓨터 게임처럼 설치된 걸 삭제하는 개념도 아니었으니 말이다. 홍혜화가 말했다.

"앞으로도 계속 중급 퀘스트만 하는 건 괜찮지 않을까?"

김남우는 홍혜화가 레벨 10을 찍고 싶어 한다는 것을 읽었지만, 반대할 명분이나 이유는 없었다. 사실 그도 같은 생각을 하긴 했다.

"맞아. 중급에서는 범죄 같은 건 안 시켰으니까. 그리고 범죄 집단 얘기도 모두 내 추측일 뿐이기도 하고…."

"응."

그로부터 사흘 뒤, 김남우는 홍혜화가 레벨 10을

찍었다는 소식을 전해 들었다. 김남우도 사흘간 중급 퀘스트를 몇 개 했다. 다만 걱정했던 대로 효율은 형편없었다. 맵에 뜨는 퀘스트 자체가 너무 적었고, 거리가 멀다 보니 허탕도 자주 쳤다. 그 전까지는 하룻밤에만 보상으로 10만 원 넘게 벌기도 했는데, 이제 하루에 두 건 완료하면 많은 편이었다. 김남우는 미치도록 답답했다. 고급 퀘스트를 수행하고 싶은 충동이 들 정도였다. 이러한 마음을 눈치 챈 홍혜화가 한 가지 방법을 제안했다.

"내 링크 맵에 뜬 퀘스트를 알려주는 건 어떨까?"

"그래도 될까? 해볼까?"

홍혜화는 자신이 받은 퀘스트와 수락 방법을 김남우에게 알려주었다. 김남우는 광화문역으로 갔고, 실내에서 우산을 쓰고 있는 중년 남자를 찾아냈다. 김남우는 그에게 접근해 홍혜화가 일러준 퀘스트 수락용 대사를 읊었다.

"척후병은 아직입니까?"

중년 남자는 김남우를 확인한 다음, 핸드폰 화면을 보며 국어책 읽듯이 대사를 했다.

"척후병이 돌아오질 않고 있어서 걱정이야. 그중 한 명이 내 여동생의 남편인데, 내가 사적으로 병력을 빼서 구원조를 보낼 입장이 아니야. 자네가 날 좀 도와줄 수 있겠나?"

"알겠습니다."

김남우는 고개를 끄덕이고 남자가 퀘스트를 전달해주길 기다렸다. 한데, 남자는 가만히 서서 김남우를 멀뚱히 바라보기만 하는 것이었다. 몇 초 뒤 김남우가 의아함을 느끼고 눈을 마주치자, 남자가 평범한 톤으로 물었다.

"다음 대사를 모르십니까?"

"예? 아… 그, 잠시."

당황한 김남우는 홍혜화의 카톡을 확인했다. 그 모습을 유심히 지켜보던 중년 남자는 이내 꼬집었다.

"당신, 이 퀘스트를 수행할 자격이 없는 사람이군?"

"예?"

중년 남자는 갑자기 핸드폰을 꺼내더니, 김남우의 사진을 찍었다. 김남우는 순간적으로 불안감이 들었다.

"뭐, 뭡니까?"

중년 남자는 김남우를 보지도 않고 어딘가로 문자를 보내며 말했다.

"게임 안 해봤습니까? 불법 유저를 신고하면 보상을 준다는 약관을 아직 모르나?"

"신고요? 아니, 잠깐!"

김남우는 다급했지만, 중년 남자는 이미 볼일을 끝냈다는 듯 핸드폰을 집어넣고 획 돌아섰다. 빠르게 떠나가는 남자를 김남우가 뒤쫓았다. 그러나 남자는 이미 신고를 끝냈다며 김남우를 뿌리치고 가버렸다. 남겨진 김남우에게 문자 한 통이 도착했다.

퀘스트 규칙을 위반하였습니다. 해당 계정은 심사를 통해 정지 여부를 결정하겠습니다.

"뭐얏!"

깜짝 놀란 김남우의 얼굴이 일그러졌다. 이 정도 잘못으로 계정 정지라니? 그는 당장 남자에게 전화를 걸었다. 그러나 전화는 연결되지 않았고, 대신 문자가 도착했다.

관리자와의 면담을 원하신다면 가까운 GM 쉼터로 이동해 주시길 바랍니다.

"GM 쉼터는 또 뭐야!"

다급해진 김남우는 매뉴얼을 열었고, 다행히도 가장 가까운 GM 쉼터가 광화문역 교보문고 카페에 있었다. 그는 황급히 내달렸다. 소중하게 키운 계정이 정지되기 전에 항의해야 했다.

도착한 카페에서 김남우가 주변을 두리번거리니, 검은 양복을 깔끔하게 차려입은, 날카로운 인상의 남자가 다가와 말을 걸었다.

"문의 사항이 있어서 오셨습니까?"

"아? 아! 맞습니다! 〈현실 온라인〉에서 제가….."

"자자, 그런 단어를 입 밖에 내진 마시고, 따라오시죠."

잠시 뒤 김남우는 남자와 카페 구석 자리에서 마주 앉고선 단도직입적으로 얘길 꺼냈다.

"제가 지금 계정 정지 심사에 들어갔다는 문자를 받았는데 말입니다. 어떻게 그럴 수가 있죠? 제가 뭐 큰 잘못을 한 것도 아니지 않습니까!"

남자는 이미 사정을 다 알고 있다는 듯 담담히 말했다.

"퀘스트 도용을 하셨지요? 죄송하지만, 약관에 다 적혀 있는 사항입니다. 저희 게임은 그 무엇보다 규칙을 중시한다는 걸 아시지요?"

"아니, 아무리 그래도 잘못 한 번에 계정 정지는 너무하지 않습니까?"

"약관에 적혀 있는 사항입니다."

"아니, 약관에 적혀 있는 건 알겠는데, 너무한 처사다 이 말입니다."

"죄송하지만, 약관대로 처리할 뿐입니다."

"아니, 계속 약관, 약관만 하지 마시고! 제가 일부러 그랬겠습니까? 시스템에도 문제가 있지 않습니까!

그럴 수밖에 없는 상황으로 사람을 몰아가니까 그런 건
데!"

"이 게임에 그럴 수밖에 없는 상황이란 건 없습니
다."

"왜 없습니까? 고급 퀘스트 자체가 말이 안 되잖습
니까! 대놓고 범죄를 저지르라고 하는 게 말이나 됩니
까? 무슨 중학교 자물쇠를 왜…."

"김남우 씨!"

순간 큰 소리로 김남우의 말을 끊은 남자가 차갑게
쏘아붙였다.

"거기까지만 하시죠. 이러다 약관을 하나 더 위반
하실 것 같군요."

"허? 참 나! 지금 계정이 정지되게 생겼는데, 뭘 또
약관 타령이야! 약관을 더 위반하면 뭐 어쩔 건데요! 내
가 계정 정지되면 다 떠들고 다닐 거야, 이거!"

남자는 가만히 김남우를 노려보다가, 목소리를 낮
춰 말했다.

"김남우 씨. 아직 레벨이 낮아서 모르시는 것 같은

데, 저희 게임에는 마법사 말고도 정말 다양한 직업이 있습니다. 그 고레벨 유저분들에게 저희는 가끔 특별한 직업 퀘스트를 제안합니다. 큰 보상과 큰 경험치가 걸린 그 퀘스트를 다들 좋아하시죠. 제가 왜 이 말씀을 드리는지 아십니까? '암살자'라는 직업이 있습니다. 암살이 특기인 직업인데, 그 직업을 가진 분에게 저희가 과연 어떤 특별 퀘스트를 드릴 것 같습니까? 저희 입장에서 골치 아픈 유저를 어떻게 처리할 것 같습니까?"

"뭐…?"

김남우는 남자의 경고가 무슨 뜻인지 알아먹었지만, 믿을 순 없었다.

"말도 안 되는 소릴! 어떤 미친놈이 게임 때문에 사람을 죽여!"

"〈현실 온라인〉에 중독된 사람들은 정말 무엇이든 합니다. 왜 그런 줄 아십니까? 어느 순간부터는 그 캐릭터가 또 다른 자신이 되거든요. 현실에서의 나는 평범하지만, 캐릭터인 나는 특별하니까요. 김남우 씨도 공감하시죠?"

"그거야 그렇지만, 아니!"

김남우도 어느 정도는 인정하는 바였으나, 살인은 말도 안 된다고 생각했다. 하지만 이어지는 남자의 설명을 들을수록 생각이 조금씩 흔들렸다.

"암살자 혼자서 한 사람을 처리하는 건 무척 어려운 일이죠. 하지만 다른 유저들의 도움이 있다면 어떻겠습니까? 누군가 현장 근처에 도구를 놓아두고 사라진다면? 누군가 CCTV를 무용지물로 만들어 준다면? 누군가 알리바이를 만들어 준다면? 누군가 도구를 회수해서 가져간다면? 누군가 사망 추정 시각을 조작해 준다면? 물론, 그들은 자신이 하는 행동이 살인 범죄를 은닉하는 행동이란 생각은 못 하겠죠. 그저 자신이 받은 퀘스트를 수행할 뿐이니까 말입니다. 그동안 당신이 그랬던 것처럼."

"뭣…."

소름이 돋은 김남우의 입술이 떨렸다. 남자는 차분한 눈빛으로 말했다.

"김남우 씨. 제안을 하나 드리죠. 이번 주가 끝나기

전까지 고급 퀘스트를 하나 수행하십시오. 그럼 계정 정지를 취소해 드리고 상위 직업으로 전직도 시켜드리겠습니다. 상위 직업이 되면 정말 신세계가 열릴 겁니다. 보상도, 스킬도."

김남우의 눈동자가 흔들렸다.

"내게… 범죄를 저지르란 겁니까?"

"하나는 보장해 드리죠. 고급 퀘스트를 제대로만 수행한다면 법적인 문제가 일어날 일은 없습니다. 만약 일어난다고 해도, 저희가 다 해결해 드립니다. 〈현실 온라인〉 유저분들은 이 나라 각계각층에 고루 분포해 있거든요."

남자가 자신 있게 싱긋 웃었다. 말문이 막힌 김남우는 심각한 표정으로 침묵했고, 남자는 여유로운 얼굴로 기다려 주었다. 한참 만에 김남우의 입이 열렸다.

"하나만 물어보겠습니다. 〈현실 온라인〉 수익 구조가 어떻게 됩니까?"

남자는 표정이 살짝 굳었다가, 이내 작게 고개를 끄덕였다.

"좋습니다. 말해드리죠. 대표적으로 마약 유통이 있습니다."

"뭣!"

"그리고 여기저기 협박을 통해 얻는 수익도 상당합니다. 정보를 수집하기가 워낙에 쉬워서 말입니다. 주가 조작도 심심찮게 하고, 다양한 청부도 받습니다. 비자금 관리도 하고, 가끔 또 털어먹기도 하죠."

충격적인 말을 아무렇지도 않게 하던 남자는 마지막으로 덧붙였다.

"이걸 보면 아시겠지만, 우리 입장에서 김남우 씨는 정말 하찮은 존재입니다. 그런데도 제가 이렇게 응대하며 신경 쓰는 이유가 뭔 줄 아십니까?"

"무슨…."

"제 캐릭터 직업이 GM이기 때문입니다. 저도 김남우 씨와 같은 유저입니다. 〈현실 온라인〉 유저요. 이런 응대로 보상을 얻게 되는."

두 눈을 부릅뜬 김남우를 보며 남자가 빙그레 웃더니 자리에서 일어났다.

"여기까지 하도록 하지요. 다시 한번 말씀드리지만 게임 약관은 잘 지켜주셔야 합니다."

"아."

"이번 주 안에 고급 퀘스트를 하나 수행하시든가, 아니면 계정 정지를 당하시든가. 둘 중 하나를 잘 택하시길. 그럼."

남자가 떠난 뒤에도 김남우는 한동안 그 자리를 떠날 수 없었다. 머리가 터질 것 같았다. 한꺼번에 너무도 엄청난 걸 알게 되었다. 남자의 말이 모두 사실이라면 김남우는 정말 무서운 조직에 발을 담근 셈이었다. 급히 스마트폰을 꺼낸 김남우는 홍혜화에게 전화를 하려다가, 이건 모르는 게 약일 거란 생각에 스마트폰을 내려놓았다. 일단은 혼자서 고민하기로 했다.

"계정 정지…. 하."

김남우는 '레벨 10 마법사 김남우'가 사라진다는 사실을 견딜 수가 없었다. 어떻게 키운 캐릭터인데, 얼마나 대단한 캐릭터인데.

다음 날 아침, 밤새도록 고민하다 잠을 설친 김남

우가 퀭한 눈으로 출근했다. 그는 점심시간에 카페에서 홍혜화를 만나 조심스럽게 물었다.

"만약에 네 계정이 정지된다면 어떨 것 같아?"

"계정 정지? 왜?"

"아니, 언젠가는 게임을 그만둘 때가 올 거잖아. 모든 게임이 다 그렇듯이. 어떨 것 같아?"

"음."

홍혜화는 잠깐 고민하는 듯했다. 그리고 이내 그녀 입에서 나온 말은 김남우를 놀라게 했다.

"솔직히 말해서 난 이 게임은 죽을 때까지 하고 싶어. 현실의 나는 별 볼 일 없지만, 게임 속 나는 되게 멋있거든. 그거 알아? 날 추종하는 마을도 있다? 동대문역사문화공원역은 날 성녀로 추종해."

'현실의 나는 별 볼 일 없지만, 게임 속 나는 멋있다'라는 말은 김남우가 어제 그 남자에게서 들었던 말과 같았다.

"그리고 보상도 솔직히 쏠쏠하잖아. 부업이라고 생각해도 평생 할 만하지 않나?"

"그렇긴 하지만…."

"왜 갑자기? 고급 퀘스트 때문에 그래? 중급만 하면
되지."

"그래…."

김남우는 차마 홍혜화에게 말하지 못했다. 어쩌면
그 중급 퀘스트로 네가 마약을 운반했을지도 모른다고
말이다.

그날 저녁 퇴근길, 김남우는 맵을 들여다보며 고민
했다. 고급 퀘스트를 할 것인가, 안 하고 계정 정지를
당할 것인가? 평범한 김남우로 남을 것인가, '마법사 김
남우'의 삶을 살 것인가?

쉽게 결정하지 못한 채로 시간은 흘러 어느덧 토요
일이었다. 김남우는 문자 한 통을 받았다. 그것은 그가
선택할 수 있는 어느 2차 직업에 관한 정보였다.

고급 직업 '예언자'는 미래를 예언하는 자입니다.

예언자 직업의 스킬들을 살펴보던 김남우는 두 눈

이 휘둥그레졌다. 가령 「방화 예언」은 원하는 건물에 진짜로 불을 낼 수 있는 스킬이었다. 「출현 예언」은 원하는 사람을 원하는 장소로 불러낼 수 있는 스킬이고, 「승패 예측」은 경마장 말의 순위를 대략 예측할 수 있는 스킬이었다. 그 밖에도 다양한 스킬이 있었는데, 이런 일들이 어떻게 현실에서 이루어질 수 있는지 김남우는 분명 알 것만 같았다.

고급 직업의 예시 하나만으로도 김남우는 흔들렸다. 평범한 사람이 이런 스킬을 사용할 수 있다면, 그 사람은 정말 특별한 사람이 될 것이다. 세상 누구 앞에서도 당당할 수 있는 사람 말이다.

김남우는 토요일 내내 갈등했다. 고급 퀘스트를 할까, 말까. 결국 그는 온종일 집 밖을 나가지 않았다. 잠들기 직전까지 고민을 거듭했다. 다음 날 일요일, 김남우는 밖으로 나가 홍혜화와 만났다. 홍혜화는 김남우의 속도 모른 채 그 주에 즐긴 퀘스트 내용을 떠들어 댔다.

"나 이번에 시각장애인 안내견 맡아주는 퀘스트 했는데, 너무 좋았어! 보상도 좋더라고. 아, 참! 나 이번

주 보상만 거의 50만 원 넘을걸? 오늘 내가 쏠게."

"오, 응. 그래."

김남우는 대충 맞장구를 쳤지만, 홍혜화가 이상한 낌새를 눈치채고는 걱정스레 물었다.

"왜 그래? 나만 퀘스트 많이 해서 좀 그래?"

"아니야."

"이번 주에 몇 개 못 했지? 미안해. 내가 도와주는 건 안 된다고 했었지?"

"으응."

가만히 김남우를 바라보던 홍혜화가 조심스럽게 운을 뗐다.

"있잖아. 이런 말 하는 거 좀 그런데, 퀘스트를 못 하니까 힘이 없는 것 같아. 명성 회복할 때까지만 잠깐 타협하는 건 어때?"

"어?"

"고급 퀘스트 말이야. 레벨 올려서 명성 회복할 때 까지만 하고, 그다음부터 절대 안 하는 건 괜찮지 않을 까?"

"무슨 소리야, 그게?"

"이번 주 내내 너무 힘이 없어 보여서 그래."

김남우는 당황했다.

"아니, 내가 말했잖아. 고급 퀘스트는 범죄나 다름없다고."

"근데 누구나 살면서 자잘한 범죄는 저지르잖아. 퀘스트 내용이 직접적인 범죄도 아니었잖아."

"무슨 말을 하는 거야, 지금? 엄연히 범죄라니까?"

"두 개밖에 확인 안 해봤잖아. 그리고…."

홍혜화가 우물쭈물하다 말했다.

"솔직히 말하면, 나도 성직자 레벨 11에 얻는「힐링」스킬을 쓰고 싶어. 쿨타임 22일마다 호캉스를 갈 수 있다고. 주변에 선물로 주고 싶기도 하고, 우리 둘이 가고 싶기도 해. 그래서 솔직히, 난 고급 퀘스트 해볼 생각도 들고 그래."

"뭐?"

"고급 직업 전직도 해보고 싶고, 고급 보상이 얼마나 대단한지 확인도 해보고 싶어. 솔직히 남우 너도 그런 욕망 있잖아? 난 아닌 척하고 싶지 않아. 솔직히 말해서 다음 주에 난 고급 퀘스트 해볼 것 같아."

홍혜화의 진지한 얼굴에 김남우의 눈동자가 흔들렸다. 홍혜화는 김남우의 두 손을 붙잡으며 말했다.

"아니, 분명 난 할 거야. 그러니까 너도 해. 명성 회복할 때까지만. 응? 네가 같이 한다면 나도 마음이 편해질 것 같아. 우리 둘이서만 공유하면 되잖아. 커플은 원래 함께하는 거잖아. 우리 사이에서 〈현실 온라인〉을 빼놓을 순 없잖아."

김남우의 시선이 홍혜화의 눈동자를 향하다가 이내 아래로 떨어졌다. 계정을 정지당할 것인가, 말 것인가. 그 답을 내릴 순간이 왔다. 곧 단호하게 눈을 뜬 김남우가 말했다.

"그럼 나, 지금 가봐야 해. 오늘 바로 고급 퀘스트 해야 하거든."

"뭐?"

"오늘까지 기한이야."

김남우는 바로 핸드폰을 꺼내 맵을 펼쳤다. 가장

가까운 곳의 붉은색 느낌표를 확인하며 그가 말했다.

"나 군자역으로 가야겠다. 가도 돼?"

인상을 찌푸린 홍혜화는 가만히 김남우를 바라보다
가 고개를 끄덕였다.

"알았어. 이번만 딱 예외야. 알겠지만, 우리 일요일
은 무조건 데이트하는 날이야."

"알아. 미안해. 그럼 얼른 가볼게."

벌떡 일어난 김남우는 군자역 4번 출구로 향했다.
그는 결심했다. 〈현실 온라인〉이 세상에서 무슨 짓을 하
고 있든, 어차피 나는 이미 한배를 탄 셈이지 않은가. 그
렇다면 그녀 말대로, 욕망을 고통스럽게 외면하느니 차
라리 즐겁게 따르리라.

홀가분해진 김남우는 마법사 김남우가 되었다. 곧
바로 「텔레포트」 스킬을 사용했다. 택시에 올라탄 후에
도 김남우는 손에서 스마트폰을 놓지 않았다. 전직에 대
한 기대감, 새로운 스킬에 대한 기대감, 고급 보상에 대
한 기대감으로 그의 입꼬리가 조금씩 올라갔다.

홀로 남겨진 홍혜화는 김남우가 떠난 자리를 바라

보다가, 스마트폰을 꺼내서 도착한 문자를 확인했다.

　　당신은 마법사를 전장에 보내는 것에 성공하였습니다. 특별 퀘스트 완료 보상이 주어집니다.

　　➡ 대량의 보상과 경험치를 획득하였습니다.

　　홍혜화는 환하게 웃으며 카톡의 '받기' 버튼을 눌렀다.

이세계
과몰입
파티

"이 전장이 아무리 넓어도 말입니다. 제가 물의 정령에게 부탁해서 이곳의 습도를 잔뜩 올린 뒤, 마법사가 특기인 체인 라이트닝 마법을 날린다면 어떻습니까? 그러면 일격에 고블린 무리를 쓸어버릴 수 있지 않겠습니까?"

"하급 고블린들은 그게 통하겠지만, 중급 이상만 되어도 버틸 겁니다. 열세 번째 달이 지기 전에 협곡에 도착하려면 다른 전술이 필요했을 것 같군요."

일부러 엿듣고자 한 건 아니었지만, 한번 그 내용

이 들린 이후로는 귀 기울일 수밖에 없었다. 서른은 족히 넘어 보이는 남자들이 카페 테이블에 모여 앉아 저런 이야기를 진지하게 하고 있다? 만약 이곳이 평범한 카페였다면 이상하게 보였을 거다. 하지만 여긴 애초에 'TRPG'를 즐기는 이들이 모이는 전문 카페다. 판타지 세계관을 배경으로 한 '역할극 게임'을 즐기는 곳 말이다.

나는 계속 그들 셋을 힐끔거렸다. 어쩜 저렇게 진지할까? 다른 테이블과는 어딘가 좀 다른 분위기가 느껴졌다. 그게 뭘까? 가만히 지켜보다가 문득 옛 기억이 떠올랐다.

중학교 시절의 이야기다. 당시 학교 도서관은 나 같은 아싸들의 대피소였다. 점심시간이면 비슷한 녀석들끼리 모이는데, 그때 한 녀석이 TRPG를 전파했다. 끼리끼리 통했던 우리는 급속도로 TRPG에 빠져들었고, 점심시간만 되면 구석에 처박혀 판타지 세계를 탐험했다. 당시에는 그게 내가 학교에 가는 유일한 이유라고 해도 될 만큼 재밌었다. 현실의 나는 아싸지만 TRPG

세상 속에서는 용맹한 전사였던 거다. 집채만 한 바위를 들어 올리고, 드래건의 심장에 도끼를 박아 넣는 영웅 말이다. 그 시절의 기억이 내 인생에서 유일하게 행복했던 추억이다. 내가 찾아 헤매던 게 바로 그거였구나! 그 시절의 순수함! 그 순수함이 저 테이블에 존재했다. 이걸 자각한 순간, 나는 참을 수가 없었다. 나도 모르게 그 테이블로 가서 말해버렸다.

"저기…."

"예?"

"혹시 저도 끼워주시면 안 되겠습니까?"

황당해하는 그들의 얼굴을 보자마자 귀 뒤로 열이 올라왔다. 내가 무슨 짓을 저지른 거지?

"아… 죄송합니다."

황급히 사과하고 돌아서려던 그때, 중앙에 앉아서 나를 위아래로 훑어보던 남자가 말했다.

"우리는 성직자를 기다리고 있었습니다. 드디어 나타났군요."

"네?"

그렇게 그날부터 나는 이 TRPG 모임에 합류하게 되었다. '보그나르 역사 찬술 모임'에 말이다. 이틀 뒤, 탐앤탐스에서 본격적인 첫 모임이 열렸고 나는 곧 놀라운 사실을 깨달았다. 이 모임은 내가 생각했던 것과는 조금 달랐다. 우선, 특이하게도 그들은 닉네임 대신 본명을 썼다. 집에서 미리 '메이슨'이란 닉네임을 지어 왔던 나로서는 조금 뻘쭘해질 수밖에 없었다. 왜 그들이 본명을 쓰는가 하면, 이 모임의 독특한 설정 때문이었다.

　　"믿기 어려우실지 모르겠지만, 우리가 하는 건 TRPG가 아닙니다. 실제로 존재하는 세계인 보그나르의 역사를 찬술하는 것입니다. 어떻게 그게 가능하냐고요? 우리들 모두 보그나르에서 온 전생자이기 때문입니다."

　　"전생자요?"

　　"예, 전생자요. 사실 우리는 이 지구 세상의 사람들이 아닙니다. 보그나르에서 마왕을 무찌르기 위해 사투하던 영웅들이었습니다. 보그나르를 구할 유일한 희망이었던 우리는 고난과 역경을 뛰어넘는 모험 끝에 드디어 마왕을 마주하게 되었습니다. 그러나 마왕은 불사의 존재였습니다. 도저히 이길 수 없는 싸움이었고, 승리할 방법 딱 하나밖에 없었습니다. 차원의 틈새에 마왕을 영원히 봉인하는 대마법을 사용하는 것이었죠. 그 대마법의 대가는 그야말로 '모든 것'이었습니다. 우리의 목숨을 희생해야만 했으니까요. 심지어는 우리의 영혼조차도 차원의 틈새 너머 다른 세상으로 떨어져야 했죠. 그 결과가 바로 지금의 이 모습인 겁니다. 전생의 모든 기억을 잃고 평범한 지구인이 되어버린 이 모습 말입니다."

그들의 말이 무척 흥미롭긴 했지만, 그래봤자 설정에 불과했다. 정말 진지하게 자신이 전생자라고 믿는다면 정신 상태를 의심해 봐야 하지 않겠는가? 그런데 세 사람이 풍기는 느낌이 좀 이상했다. 커피 한 모금 마시지 않고 내 반응만 주시했다. 얼굴색 하나 안 바뀌고, 웃음기 하나 없이 이렇게 진지할 수가 있나? 설마 아니겠지? 그냥 과몰입한 거겠지 설마.

"보그나르에서의 모든 기억은 우리 영혼 깊숙한 곳

에 봉인되어 있습니다. 가끔 그 기억의 편린들이 떠오르곤 하지요. 아무리 봉인되었다고 해도, 영웅이었던 우리의 영혼은 강력하니까 말입니다. 실제로 우리가 모이게 된 것도 모두 영혼의 끌림 때문이었습니다. 그날 남우 님이 갑자기 말을 건 이유가 뭐겠습니까? 어째서 갑자기 그러셨죠? 평소에는 절대 하지 않았을 행동 아닙니까?"

"그건…."

"그게 다 영혼의 끌림 때문이었던 겁니다. 남우 씨 영혼 깊숙이 봉인된 기억이 무의식적으로 그런 일을 저지르게 만든 겁니다. 그래서 우리도 그날 남우 씨를 손쉽게 받아들였던 것이고 말입니다."

"아… 예."

내가 이세계의 전생자라는 말에 어떤 표정을 지어야 하는 건지 모르겠지만, 흥미로운 설정이란 생각은 들었다. 아직은 좀 낯설지라도 과몰입만 하면 정말 제대로 즐길 수 있을 듯했다.

"우리 얘기가 믿겨지신다면, 이 모임의 정확한 목

적을 알려드리겠습니다. 그건 바로 우리 영혼 깊숙이 봉인된 기억을 되찾는 것입니다. 가끔 떠오르는 기억의 편린들을 필사적으로 붙잡아 이 『보그나르 역사서』를 찬술하는 것이죠."

그가 보여준 것은 고급스럽게 양장 제본된 커다란 책이었다. 그 비주얼은 꽤 놀라웠다. 저런 노트를 어디서 구하나 싶을 만큼 짜임새가 제대로였는데, 페이지를 넘기니 수기로 작성한 역사의 기록들이 적혀 있었다.

"남우 씨는 아마 TRPG 놀이쯤으로 생각하셨겠지요. 하지만 우리가 하는 것은 놀이가 아닌 진짜라는 것, 그리고 이 모든 모험이 이미 끝난 상태에서 그 역사를 거꾸로 되짚어 보고 있다는 것입니다. 그렇기에 순방향의 시간선을 따르지 않고, 툭툭 생각나는 대로 역사를 메꿔나가고 있습니다. 언젠가 모든 역사를 떠올리게 되는 날엔, 우리의 영혼이 다시 고향으로 돌아갈 수 있을 거란 희망을 품고서 말입니다."

"아하."

솔직히 말해서 제대로 꽂혔다. 역사서 가장 앞에

그려진 보그나르 대륙 지도를 보는 것만으로도 설레었다. 나도 이제 저 역사 찬술에 참여하게 되는 것인가?

"그러면 저는 앞으로 뭘…."

"예. 남우 씨는 우리 파티의 성직자였을 겁니다. 그날 카페에서 저도 모르게 그 단어가 튀어나왔었죠? 아마 제 영혼이 반응한 결과였을 테지요. 성직자란 단어를 듣고 뭔가 울림이 없으셨습니까?"

"울림이요? 글쎄요. 별다른 느낌은 없었던 것 같은데."

"아닙니다. 분명히 있으셨을 겁니다. 남우 씨는 우리와 함께 보그나르를 구한 위대한 성직자였으니까요."

"제가요?"

'이세계를 구했다'라는 그 표현에 묘하게 가슴이 울렁거렸다. 뭐지? 이 느낌은 뭘까.

"자 그러면, 새로 합류하신 남우 씨를 위해서 첫날은 그동안의 역사를 복습하는 시간을 가져볼까요? 그러면서 남우 씨의 역할도 끼워 넣고요."

"좋죠. 어쩐지 우리가 포션만으로 그 많은 전투를

이겨냈다는 건 이상하긴 했어요. 성직자의 치유 능력이 있었겠지요. 팔도 부러지고 독에도 감염되는 일이 많았을 텐데."

"맞습니다. 성직자가 합류하면 『보그나르 역사서』의 개연성이 좀 더 촘촘해지겠습니다. 사실 삐걱거리는 부분들이 없지 않았으니까 말입니다."

다른 두 사람도 나의 합류를 반기는 듯했고, 우린 본격적으로 역사 수정 작업에 들어갔다.

"남우 씨가 어디서 합류했을까 생각해 보면, 아마도 여기 초반 역사가 아닐까 싶습니다. 제 생각에는 대지 여신의 신전 소속일 것 같습니다. 남우 씨 혹시 종교가 있으신가요?"

"종교요? 아니요. 무교입니다."

"그렇죠. 당연히 무교일 수밖에 없죠. 아무리 기억을 잃었다지만 다른 신을 모실 수 있을 리가 없지 않습니까? 그러면 대지 여신을 모신 성직자인 게 분명합니다. 여기서부터 남우 씨가 합류하면, 자연스럽게 이곳 '카르 마을의 역병'을 무찌르는 사건부터 인연을 이어나

갔을 것 같은데. 다른 분들은 어떻게 생각하십니까?"

"아, 맞네. 언데드 리치를 무찌를 때 신성한 힘의 도움을 받은 게 더 자연스럽죠. 성수를 이용했다는 건 어색하긴 해요. 사실 성수란 게 이 작은 촌구석 마을에선 구하기 어려운 물건이잖아요?"

"그렇지요. 그러면 수정 작업을 하죠. 자, 남우 씨. 언데드 리치를 상대로 어떤 도움을 주셨을 것 같습니까? 머릿속 깊은 기억을 좀 더듬어 보시겠습니까? 떠오르는 게 있으십니까?"

한순간, 세 사람의 시선이 동시에 내게로 꽂혔다. 즉석에서 뭐라도 지어내라고 말하는 듯한 그 눈동자에 순간 긴장해 버렸다. 어쩌지? 어떻게 하지? 내가 뭘 했다고? 나는, 나는 그러니까….

"어… 음…. 대지 여신님을 모시는 성직자는 처음으로 신전을 떠날 때 대지 여신의 축복이 담긴 무기인 '대지의 홀'을 하사받습니다. 그 홀에는 신성한 보석 세 개가 꽂혀 있는데, 어마어마한 신성력이 담겨 있죠. 제가 그중 하나를 리치에게 던져서 깨뜨리며 싸웠을 것 같습니다. 당시의 저는 처음 여행을 떠난 초짜 성직자였으니, 아티팩트의 도움이 필요했을 것 같습니다."

내 진지한 설명을 듣는 세 사람의 표정은 조금 놀란 듯했다. 긴장했던 나는 곧 그들이 짓는 표정의 의미가 '만족'이란 걸 깨달았고, 순수한 기쁨을 느꼈다.

"좋습니다. 맞네요. 그랬을 것 같습니다, 남우 씨. 아주 제대로 기시감이 느껴지는 설명입니다."

"맞네, 맞네. 리치를 무찌르려면 그 정도 아티팩트의 도움이 필요하긴 할 거야. 남우 씨 기억 속에서 그런 장면이 떠오른 거면 그게 정확하지. 리치의 막타를 마법사인 내가 날렸다기에는 뭔가 좀 애매했는데, 이제 톱니바퀴가 딱 맞네."

"첫 만남부터 활약이 대단했어요, 남우 씨. 역시 보그나르를 구한 성직자는 다르네."

짜릿했다. 목뒤로 소름이 돋았다. 이런 감정을 느낀 게 얼마 만이지? 그들과의 대화가 이어질수록 나는 점점 더 적극적으로 변해갔고, 그들이 원하는 말들을 마구잡이로 떠들어 대기 시작했다.

"네, 맞습니다. 제가 물을 정화해서 식수로 사용할 수 있죠. 아마도 그 능력으로 마을 사람들의 신뢰를 얻어냈으리라고 생각합니다. 그들의 마음을 얻은 이상, 숨겨진 뒷길을 알아내는 건 일도 아니지요."

신나게 떠들다가 정신을 차리고 보니, 모임을 시작한 지 어느덧 6시간이나 지나 있었다. 그들은 모임을 마무리했다.

"아이고, 벌써 시간이 이렇게. 오랜만에 정말 시간 가는 줄 모르고 즐겼습니다. 정말 재밌네요."

"그러게요. 진짜 재밌었어요. 고생하셨습니다, 모두."

작별 인사를 나누는 순간까지도 모임이 끝나는 게 너무 아쉬웠다. 집에 돌아와서도 계속 역사서의 모험들이 머릿속에 돌아다녔다. 정말 푹 빠져버린 것이다. 침대에 누워 천장을 바라보면서 무궁무진한 생각들이 떠올랐고, 어서 다음 모임 날이 찾아오길 바라며 잠에 들었다. 그리고 그날 밤 '그 꿈'을 꾸게 되었다.

홀리 라이트! 홀리 라이트! 홀리 라이트! 망할! 언데드
가 너무 많아! 아직 멀었어? 더는 못 막는다고! 빨리 좀!

꿈속에서 나는 성직자였고, 막다른 길을 막아서고
버티며 등 뒤의 동료들에게 소리를 질러대고 있었다. 아
침에 깨어난 나는 지난밤 꿈을 생각하며 혼란에 빠졌
다. 뭐지? 왜 갑자기 이런 이상한 꿈을 꾸게 된 거지?
TRPG에 너무 몰입했나?

설명할 수 없는 기묘한 흥분이 올라왔다. 이 감정
을 그냥 주체할 수가 없었던 나는 책상에 박힌 아무 수
첩이나 꺼내서 끄적이기 시작했다. 보그나르 역사를 집
에서도 혼자 작성하기 시작한 것이다. 스스로도 놀랄 만
큼 많은 페이지를 썼다. 글 속에서 나는 온 대륙에서 펼
쳐지는 온갖 사건들의 중심에 있었다. 몇 시간 만에 수
첩을 덮자 강렬한 갈망이 나를 덮쳤다. 이런 낙서가 아
닌 진짜 『보그나르 역사서』를 얼른 보고 싶다고, 거기에
쓰인 역사를 토대로 상상을 펼치고 싶다고 말이다.

이윽고 다음 모임 날이 찾아왔을 때, 나는 카페 테

이블에 앉자마자 폭주하듯 말을 쏟아 냈다.

"여기, 여러분이 두 번째 대전투로 기록한 '붉은 마루의 습격' 말입니다. 혹시 저도 참여하지 않았을까요?"

"당연히 참여하셨지요. '리치 사건'이 그 이전이니까 말입니다."

"아하! 그러면 여기, '저주받은 골렘 방벽'을 돌파하는 데만 10시간이 걸렸다고 하지 않으셨습니까? 성직자인 제가 여러분에게 버프의 축복을 걸었다면 여러분의 능력이 못해도 20퍼센트는 더 강화됐을 테니까, 좀 더 빠르지 않았을까요? 그러면 '분홍 새벽의 저주'를 2시간 앞당겨 피할 수 있지 않았을까요?"

"오, 합리적인 추론이군요. 자세히 의견을 나눠볼까요?"

사실 난 극단적인 내향인이다. 그럼에도 불구하고 주변 다른 테이블의 눈치도 안 보며 큰 목소리로 말하고 있었다. 이게 과몰입의 힘이다. 이날은 정말 시간 가는 줄 모르게 즐겼고, 끝날 때는 너무나도 아쉬운 나머지 이런 말도 나와버렸다.

"저희 내일 또 모이면 안 되겠습니까?"

"하하, 남우 씨가 뒤늦게 기억을 되찾으시느라 마음이 바쁘시군요. 그런데 우리도 이 지구에서 사회생활이란 걸 하긴 해야 하고, 또 주 3회가 적은 건 아니지 않습니까? 이틀 뒤에 뵙겠습니다."

"아이고, 네. 이틀 뒤에 뵙겠습니다."

그 이틀이 내게는 한 달만큼 길게 느껴졌다. 그리고 또 그 꿈을 꾸었다.

이거 놔! 방패병들에게 축복을 걸어줘야 해! 안 그러면 모두 한 번에 녹아버릴 거라고! 블레스!

꿈속에서 나는 또 격렬한 전투의 한가운데 있었고, 등 뒤 동료들의 만류에도 불구하고 전력으로 사람들을 구하고 있었다. 아침에 깨어난 뒤에는 머리가 멍했다. 이 꿈은 뭐지? 왜 이런 꿈을 꾸는 걸까. 정말 단순히 TRPG 모임에 과몰입해서 그런 걸까? 아니면, 혹시….

난 멍청이가 아니었기에 애써 이상한 생각은 피하

기로 했다. 그래도 정말 모임에는 충실히 참여했다. 아니, 사실은 모임에 안달이 났다. 매일 모임 날만 기대하며 살았다. 원래 그런 말이 있지 않은가? 인간은 기대할 미래가 있을 때 행복하다고. 시간이 빨리 가기를 바라게 만드는 무언가가 있다면 그것이 행복이라고. 나에게는 이 찬술 모임이 그랬다. 얼마나 시간이 빨리 가기를 바랐는지, 만약 다음 모임까지의 '시간 삭제' 버튼이 있었다면 바로 눌렀을 것이다. 평범한 내 일상 따위 삭제되어도 전혀 없었다. 오직 그날만을 기다리며 안달했다. 솔직히 말하자면 내 일상이 보잘것없어서 더 크게 빠진 듯했다. 나는 공장을 다니는 동안 영혼을 빼놓은 채 머릿속으로 보그나르 역사를 구상했고, 모임 날이 되어서야 다시 영혼을 장착하고 진짜 내 삶을 살았다. 이런 루틴은 지겹기만 했던 내 삶을 순식간에 행복하게 만들어주었다. 공장에서 일어나는 그 어떤 스트레스받는 상황도 그냥 무시할 수 있게 되었고, 답 없는 미래를 걱정하는 일도 없어졌다. 오직 역사서 찬술에 몰두하게 된 거다. 그렇게나 빠져서일까? 이상한 꿈노 자주 꾸게 되었다. 꿈속에서 성직자로 활약하는 내 모습은 점점 선명해졌다. 내가 궁금한 것은 항상 내 등 뒤에 있는 동료들의 존재였다. 꿈속에서 한 번도 뒤를 돌아보질 않는 건 도대체 왜일까?

아무튼, 이 정도로 꿈을 꾸다 보니 이제는 책상 앞에 앉아 수첩에 다음과 같이 써볼 수밖에 없었다.

'혹시 난 정말로 전생자인 걸까?'

나는 다른 세 명에게도 혹시 나와 같은 일을 겪었는지 묻고 싶었다. 하지만 그들은 전생자인 게 당연하다는 듯이 행동했고, 차마 그런 질문으로 그들의 몰입을 깰수 없었다. 그냥 혼자서 고민할 수밖에는.

*

찬술 모임이 열 번을 넘기자, 이제 꽤 친해졌는지 서로 슬슬 거리낌이 없어졌다. 체면을 더 안 차리게 됐다고나 할까? 역사의 내용에도 사족이 붙기 시작했다.

"여기, 탈출한 노예들이 모여 만든 화전민 마을 말

입니다. 제가 처음으로 비구름을 일으킨 날이었죠. 가뭄으로 굶어 죽어가는 불쌍한 마을 사람들을 보니까 목숨 걸고서라도 마법을 성공시켜야겠더군요."

"오, 맞습니다. 그날 대단하셨지요. 그날 마을 사람들이 감사하다고 다 같이 바닥에 엎드려서 큰절하는 게 얼마나 당황스러웠는지요."

"맞습니다. 본인들 굶어 죽게 생겼는데도 식량을 챙겨주려 하시고 말입니다. 사실 입에 맞지도 않는 수준의 음식인데, 억지로 먹느라 참 곤욕이었습니다. 하하."

이런 식이다. 객관성이 아닌 자신의 욕망에 기반한 주관적인 서술이랄까. 처음에 나는 이런 대화의 흐름에 조금 당황했지만, 솔직히 내 욕망과도 맞아떨어져 자연스레 합류하게 되었다. 그러다 어느새 나도 사족을 붙여대고 있었다.

"이 지역의 영주가 정말 악독했죠. 하나뿐인 마을 우물에 독을 풀었으니 말입니다. 제가 그걸 눈치채고 정화 작업을 해서 망정이지, 아니었다면 어린애들이 얼마나 죽었을지요. 참."

"맞습니다. 남우 씨가 나서줘서 마을 사람들이 모두 목숨을 구할 수 있었죠. 하지만 처음엔 남우 씨가 목숨을 구해준 사실도 모르고 냉대하지 않았습니까? 이방인이 우물에 이상한 짓을 했다고 말입니다."

"그런 오해는 원래 익숙해서 괜찮습니다. 제가 욕먹는 게 뭐가 중요하겠습니까? 중요한 건 그분들의 목숨을 구했다는 사실이죠, 하하하!"

이런 식으로 역사서 찬술 내용의 상당 부분이 자화자찬이라고 봐야 했다. 암묵적으로 우리들 넷은 각자의 영웅적 행위에 무조건 호응했다. 그게 우리들 머릿속 깊은 곳에 봉인된 기억에서 꺼낸 진짜 사건이니까 말이다. 내가 흥미롭게 생각한 것은, 이런 자화자찬에도 각자의 취향이 확고하게 나뉜다는 점이었다. 마법사인 정재준은 여자 이야기를 자주 꺼냈다.

"지금 생각해도 이날 '세이렌의 노래'가 저에게 안 통했던 이유가 참 우습네요. 저를 본 세이렌이 너무 부끄러워서 목소리를 제대로 못 냈다니요, 하하."

"사실 그럴 만도 하지 않습니까? 보그나르에서 재

준 씨는 대륙 최고의 미남이었으니까 말입니다."

"어이쿠 대륙 최고라니요, 하하. 뭐, 실제로 보그나르 왕국 미남 대회에서 얼떨결에 우승하긴 했지만, 그땐 참 미안하더군요. 갑자기 지나가던 제가 뜬금없이 우승해 버렸으니, 원."

그의 말을 듣고 있으면 참 가관이었다. 그에게 동시에 청혼한 엘프 세 자매라든가, 그에 대한 사랑 때문에 마왕을 배신한 마족이라든가, 왕족 신분을 포기한 공주라든가. 사실 이런 이야기를 보면, 그는 현실에서 꽤 큰 콤플렉스를 갖고 있는 듯했다. 객관적으로 그는 정말 못생겼으니까. 나도 남 말할 처지가 아니지만, 그는 정말 어나더 레벨이다. 그래서 그가 어떤 이야기를 해도 절대 비웃을 수가 없다. 살인날까 봐.

전사인 공치열은 물질적 욕구가 강한 듯했다. 그가 꺼내놓는 이야기에선 재물과 권력이 많이 발견됐다.

"여기 월렛 왕국에서 우리가 하룻밤 휴식을 취할 때 말입니다. 왕족들만 빌릴 수 있다는 고급 호텔에서 우리가 하룻밤을 보낸 게 천만다행이지 않습니까? 덕분에 가짜 왕녀를 눈치챌 수 있었으니까요. 이래서 보그나르나 이곳이나 참 인맥이 중요한가 봅니다."

"맞습니다. 치열 씨가 왕족과 친분이 있어서 아주 편했죠. 그곳 호텔에서만 맛볼 수 있는 산해진미도 먹고요."

"하하, 또 그 이야기가 재밌죠. 그 왕족이 제게 판타곤 영지를 단돈 1골드에 판 거 기억나세요? 제가 그 영지의 샌드웜 둥지를 정리하면 다시 꿀꺽할 속셈이었겠지만, 어림도 없죠. 설마 제가 샌드웜들의 주인이 될 줄은 몰랐을 테죠. 그 양반은 제가 샌드웜들을 왕국 쪽으로 보낼까 봐 평생 전전긍긍할걸요. 물론 저는 그럴 생각이 없지만요. 저의 판타곤 영지는 샌드웜이 농사지을 땅을 개간하는 걸 구경하는 게 명물이거든요."

가라앉은 보물선을 인양했다거나, 저점에서 투자한 무역 회사가 바다 용족의 가호로 대륙 최고의 회사가 됐다거나, 골드 드래건의 둥지를 물려받았다거나. 그는 보그나르 역사 속에서 엄청난 부자였다. 그래서인지 전사로서의 전투 능력보다 재력으로 일을 처리하는 경우가 많았다. 그는 재력을 드러내는 데에 즐거움을 느끼는 듯했다. 가령, 항구 마을의 해적들을 직접 처치하기보다는 그들을 모조리 최고 연봉으로 고용해서 치안 부대로 쓰는 '플렉스'를 저지르는 식이었다. 아마도 그로선 돈을 펑펑 쓰는 쾌감을 현실에서 느끼기는 힘들었을 것이다. 자신이 다니는 회사를 "좆소기업"이라고 욕하는 걸 들어보면 말이다. 하물며 평소 커피값도 아까워하는 걸 보면 그의 현실이 어떨지 눈에 뻔했다. 그래서 그런가 그는 로또나 토토 같은 사행성 게임에 크게 중독되어 있는 듯했는데, 현실에서 그게 잘될 리가 있겠는가? 참 갑갑하게 사는 양반이었다.

마지막으로 용사인 최무정은 좀 미묘하긴 했지만, 사람들이 자신을 떠받는 걸 즐기는 듯했다.

"여기서 마을 사람들의 의심을 한 번에 거두려면 그 수밖에 없었을 겁니다. 1,400년 동안 그 누구도 뽑지 못했던 검을 제가 한 번에 뽑는 것 말입니다. 사실 뽑는 건 전혀 힘들지 않았는데, 그때 광장에 있던 사람들이 죄다 제게 엎드려 절하는 게 난감해서 진땀 뺐습니다."

"기억나네요. 무정 씨가 그분들 그러지 마시라고 다시 검을 꼽는 장면이 정말 웃겼죠."

"하하핫, 맞습니다. 추앙받는 것도 꽤 귀찮은 일입니다. 따르는 사람이 늘어난다는 건 책임질 사람도 늘어난다는 말이니까요."

그의 이야기 속에서 용사는 정말 모든 이의 영웅이었다. 얼어붙은 땅에서 멸망을 앞둔 부족에게 꺼지지 않는 불을 전달한 이야기나, 투표권이 없던 하급 드워프들을 해방한 일이라든가. 그는 자기 이름을 딴 노래가 전 대륙 음유시인들이 가장 사랑하는 노래란 말을 본인 입으로 직접 꺼냈다. 그걸 듣고서 속으로 어떤 생각이 들든, 다들 그의 말에는 좀 더 크게 호응했다. 그가 이 모임의 창시자이자 암묵적인 리더였으니까. 애초에 고급스러운 양장의 『보그나르 역사서』도 그가 가지고 다녔기에 그 없인 모임도 하지 못했다. 즉, 이 모임에서 가장 힘이 있는 건 최무정이라고 봐야 했다. 역사를 저술하다가 어쩌다 의견이 충돌하게 됐을 때, 웬만하면 최무정의 의도대로 흘렀다.

"재준 씨의 마법으로 이 두꺼운 빙벽을 녹였다고요? 글쎄요. 이 정도 두께의 빙벽을 녹이는 것보다는 저를 따르는 그리핀 부족의 힘을 빌려서 하늘 위로 통과한 게 더 빠르지 않았을까요?"

"아. 생각해 보니까 그런 것도 같네요. 그리핀 부족이 도와준다면 빙벽을 넘어갈 수 있겠죠."

"네. 그리고 아마도 재준 씨가 협곡의 칼바람을 마법으로 조절해서 겨우 비행경로를 만들어 낸 것 같습니다. 기억나십니까?"

"아, 맞네! 제가 바람 마법으로 그리핀들이 무사히 날 수 있게 조절했었죠. 컨트롤이 정말 힘들었습니다, 하하."

어느 모임이나 사람이 모이면 실질적 권력관계가 생기는 건가. 최무정은 이세계 역사서 속에서도 대장이었지만, 이곳 현실에서도 대장이었다. 난 딱히 그것에 불만은 없었다. 처음에 날 이 모임에 끼워준 것도 최무정이었고, 또 내가 말하는 의견들에 적극 동의해 주는 사람도 그였으니까. 그게 처음 합류한 사람을 다루는 그의 스킬인지 뭔지는 몰라도, 난 성직자로서의 내 이야기를 『보그나르 역사서』에 대폭 끼워 넣을 수 있어 만족스러웠다.

"이곳 저주받은 숲 전체를 정화하는 건 불가능합니다. 하지만 잠깐 중앙을 가로지르는 길목 하나는 정화할 수 있죠. 그래서 제가 신전에 한 가지 아이디어를 냈는데, 바로 숲 중앙을 가로지르는 하이웨이를 만드는 것입니다. 일직선으로 정화한 땅에다가 대지 마법의 힘을 빌려 20미터 높이의 장벽을 쌓아 길을 내는 거죠. 그렇게 저주받은 숲을 가로지르는 최초의 무역로가 탄생한 겁니다."

"오. 정말 기가 막힌 아이디어였습니다. 남우 씨 덕분에 아칸과 칸다르 두 왕국의 무역 협정이 체결되면서 불필요한 전쟁을 막게 되었지요. 정말 큰일 하신 겁니다."

"정확히 제가 의도한 게 그거였습니다. 여행을 떠나는 성직자로서 가장 좋은 수행이란, 전쟁으로 다친 사람을 치유하는 것보다 치유할 일 자체를 막는 일이죠."

"훌륭하십니다."

모임 날이 오기 전에 밤새도록 고민했던 이야기가 좋은 반응을 얻으면 솔직히 기뻤다. 가장 뿌듯한 순간은 내 활동이 『보그나르 역사서』에 기록되는 모습을 바라볼 때였다. 최무정은 노트에 필기하면서 꼭 한마디씩 보탰다.

"남우 씨는 디테일이 남다르네요. 기억을 참 잘 찾으시는 것 같습니다."

그게 뭐라고 참, 뿌듯해하는 내 모습도 우스웠다. 아무튼 난 최무정에게 호감이 갔는데, 어느 날 단둘이 맥도날드에 갔을 때 그가 심각한 얼굴로 말했다.

"솔직히 말해서 우리 넷 모두 진짜 전생자라는 보장은 없습니다."

"예?"

"진짜로 보그나르에서 지구로 전생한 사람도 있겠지만, 어쩌면 가짜로 전생의 기억을 만들어 내는 사람도 있을 겁니다. 근데 남우 씨는 진짜일 거란 생각이 듭니다. 다른 분들의 이야기를 들을 땐 그런가 보다 싶지만, 남우 씨의 이야기를 들을 때면 왠지 제 머릿속에서 선명하게 그려지거든요. 아마 진짜이기 때문이 아닐까, 그런 생각이 듭니다."

최무정이 다른 두 사람 몰래 한 이 말은 나를 깜짝 놀라게 했다. 최무정은 정재준과 공치열을 가짜 전생자로 생각하고 있는 걸까? 그들의 어떤 면을 보고? 자꾸 성적인 이야기를 꺼내서일까? 기승전 돈 벌었단 얘기만 해서일까?

난 그 두 사람이 가짜일 거란 의심으로 생각에 잠겼다. 그러다 순간 소스라치게 놀랐다. 내가 지금 이걸 의심한다는 것 자체가, 이 전생자 이야기를 진심으로 믿고 있다는 거 아닌가?

소름 돋는 일이었다. 내가 단순히 게임에 대한 과몰입을 넘어서, 이걸 진짜로 믿는다고? 멍청하게? 왜? 혹시 그 꿈의 영향일까?

"실은 제가 가끔 이상한 꿈을 꾸는데 말입니다."

난 그동안 꾼 꿈 이야기를 하나하나 최무정에게 들

려주었다. 모든 이야기가 끝나고 최무정은 고개를 끄덕
였다.

"저도 그렇습니다. 남우 씨처럼 저도 그런 꿈을 꾸
곤 합니다."

"정말입니까? 무정 씨도 그런 꿈을 꾸셨습니까?"

"물론입니다."

진짜일까? 최무정의 표정을 읽을 수가 없었다. 요
즘 말로 '맑은 눈의 광인'이 떠오르기도 하고….

"다른 두 분도 그런 꿈을 꿀까요?"

"글쎄요? 모르겠습니다. 다만 재준 씨와 치연 씨는
좀… 그렇지 않습니까?"

뭐가 그렇다는 건지 직접 말하진 않았지만, 한 가
지는 느껴졌다. 최무정이 다른 둘을 노골적으로 낮잡아
보고 있다는 것을 말이다. 나는 하마터면 속말을 입 밖
으로 내뱉을 뻔했다.

'당신도 사실 좀 그런데?'

차마 입 밖으로 내진 않았지만, 사실 이 모임의 공
통점은 하나로 말할 수 있었다. 넷 다 밑바닥 인생이란

것이다. 백수, 공장, 좆소기업, 일용직에다가 못생기고, 뚱뚱하고, 키 작고, 탈모에다가, 아주 그냥 각양각색으로 다 모아뒀다. 당연히 여자 친구도 없고, 친구조차도 별로 없어 보이는 사람들이다. 어차피 다 고만고만한데, 이 안에서 굳이 급을 나눌 필요가 있을까?

"그래도 남우 씨가 저와 같은 꿈을 꾼다니 기쁘군요. 역시 제 직감이 틀릴 리가 없지요."

"아, 예."

확신에 찬 최무정의 눈빛을 보다 보니 알 것 같았다. 이 사람은 자기를 정말 이세계 파티의 대장인 용사로 생각하고 있다. 그래서 여기에서도 대장 노릇 하려는 게 몸에 밴 거구나. 결국, 모든 건 다 과몰입 문제였다. 물론 나쁘다고만 할 수는 없다. 사실 나도 내가 정말 전생자였으면 좋겠다. 전생에 이세계를 구했음에도 저주로 지구에 떨어진 비운의 성직자였다면, 지금 보잘것없는 내 인생도 받아들이기가 쉬울 텐데 말이다. 아마 나뿐만이 아니라 이 모임 전체가 그런 마음일 거다. 현생이 시궁창이니까 전생에 기대어 견디려고 과몰입하게 되는 것이겠지. 난 충분히 이해가 갔다. 그렇다면 비슷한 처지끼리 그냥 서로 잘 지내면 좋지 않겠는가.

"그래도 우리 파티 모두가 전생자였으면 좋겠네요. 나중에 역사서를 다시 수정하는 일은 번거롭지 않겠습니까?"

"물론 저도 그렇게 믿고 있습니다. 그냥 모두가 진짜란 보장은 없단 사실만 알려드리는 겁니다."

"아하. 네, 알겠습니다."

최무정의 마음에 든 것은 다행이라고 봐야 했다. 역사 찬술 활동 중에 내 의견이 다른 이들의 의견보다 손쉽게 채택되었으니까. 가끔 각자가 제안한 역사가 채택이 안 될 때가 있는데, 그때 최무정은 항상 같은 표현을 쓴다.

"말씀해 주신 내용에서 기시감이 잘 느껴지질 않네요. 조금 디테일을 다듬어서 확실해질 때 쓰기로 할까요?"

이 말을 가장 많이 들은 건 공치열이었는데, 그는 표정을 잘 숨기는 사람은 아니었다. 대놓고 꿍해 있는 모습을 보이곤 했는데, 최무정은 이를 철저히 무시했다. 어차피 잠깐 놔두면 혼자 풀고 또 돈 얘기를 떠들어 대니까 말이다. 아무리 기분이 나빠도 절대 이 모임을 탈퇴하지 않을 사람이 공치열이었다. 자기 얘기를 할 때 좋아하는 게 얼굴에 가장 크게 티가 나는 사람이었으니까. 그런데 어느 날, 내 예상은 빗나가고 말았다.

"치열 씨가 오늘 개인적인 일로 못 나오신답니다. 치열 씨가 빠지는 건 처음이군요."

"그러게요. 그러면 오늘은 우리 셋이서만 찬술해야겠습니다."

한 번쯤은 그러려니 했지만 다음 모임에서도 공치열은 참여하지 않았다. 그가 세 번째로 불참했을 때, 우리는 심각해졌다.

"설마 치열 씨가 그만두려는 걸까요?"

'설마'라는 말을 쓸 정도로 믿기지 않는 일이었다. 이 모임을 그만둘 수가 있는 걸까? 시궁창 같은 현실에서 유일하게 자존감을 채워주는 이것을?

역시나 그럴 리가 없었다. 공치열은 다음 모임 때

꼭 참여하겠다고 연락했다. 이윽고 모임 날, 카페에 가장 늦게 나타난 그를 보고 우린 놀랐다.

"어? 치열 씨 염색하셨네요."

"예? 아아, 네. 충동적으로 물들여 봤습니다, 하하."

웃으며 자리에 앉은 공치열의 모습에서 어딘가 위화감이 느껴졌다. 가장 빨리 캐치한 건 최무정이었다.

"치열 씨. 그 티셔츠 혹시 구찌인가요?"

"아, 로고가 보였나요? 맞습니다. 구찌죠. 짝퉁 아니고 진짜입니다, 하하."

구찌라고? 명품? 그제야 위화감의 정체가 드러나는 듯했다. 사람이 달라진 이 느낌의 정체는 자신감이었다. 그 자신감의 원천은 정말 충격적이었다.

"실은 제가 얼마 전 로또 1등에 당첨되어서 말입니다."

"뭐라고요?"

"로또요?"

깜짝 놀란 우리의 반응에 그는 크게 웃었다.

"그렇게 됐습니다. 사람 인생 참 모른다더니 이야, 이렇게도 되는군요. 하하하!"

공치열에게서 풍겨 오는 당당함은 절대 거짓말일 것 같지 않았다.

"실은 말입니다. 오늘 참여한 것도 앞으로 제가 시간을 좀 빼기가 힘들 것 같단 말을 하려고 온 것이었습니다. 조금 바빠져서요."

너무나도 충격적인 소식이었다. 특히 가장 충격을 받은 건 최무정인 듯했다. 정재준과 내가 축하의 말이라도 건네는 동안, 최무정은 한마디도 하지 않았다. 공치열은 의도적으로 최무정을 바라보았는데, 그의 시선에서 느껴졌다. 평소 그가 최무정에게 쌓인 게 많았으리란 것을 말이다. 로또 당첨자가 숨기지 않고 굳이 직접 와서 당첨 사실을 밝히는 이유도 거기에 있지 않을까 싶었다.

"그러면 언제고 한번 연락드리겠습니다. 세 분이 좋은 시간 보내시길 바랍니다. 하하하."

공치열은 자랑만 하고 갈 생각이었는지 바로 떠났

다. 다시 올 리가 없었다. 이건 사실상 탈퇴 선언인 셈이었다.

　우리는 충격의 여운에서 빠져나오지 못했다. 이날은 역사서의 문구를 단 한 줄도 쓰지 못했다. 갑자기 찬물을 뒤집어쓴 듯 한순간에 몰입이 깨져버린 느낌이었다. 그 어느 날보다 빠르게 모임이 파했다. 솔직히 말해서 속이 쓰렸다. 집에 도착했을 때, 아무 이유 없이 내 입에서 욕이 튀어나왔다. 부지불식간에 튀어나와 버린 그 욕설이 누구를 향한 것인지, 왜 나온 것인지 처음엔 알지 못했다. 하지만 곧 깨닫게 되었다. 인정해야지, 인정해야지. 부러워서 미치겠다는 것을….

　의외였다. 최무정이 단톡방에 이틀 뒤 모임을 공지했다. 하지만 정재준이 개인적인 사유를 들어 참가 불가를 선언했다. 나 또한 참가 불가를 선언했고, 공치열은 보지도 않는지 메시지의 '1'이 사라지질 않았다. 사흘 뒤 최무정은 또 모임 참가 공지를 올렸지만, 정재준과 나는 또 불참을 선언했다. 정재준은 첨언도 했다.

그리고 파티에 전사가 없이는 역사를 쓰기가 어렵지 않겠어요?

앞으로도 영영 나오지 않겠다는 말과 뭐가 다를까. 최무정은 설득했다.

치열 씨의 활약은 나중에 추가하는 방향으로 해도 됩니다. 찬술 모임을 너무 오래 쉬었어요. 다음에는 모이도록 하지요.

*

그 후로도 일주일 동안은 모임이 없었다. 그래도 최무정이 계속 모임을 공지하는 걸 무시하기가 좀 그랬기에, 일주일 만에 한 번은 모이게 됐다. 단톡방을 확인도 하지 않았던 공치열은 당연히 없었다. 모임 장소에서 우린 약속이라도 한 것처럼 공치열의 이야기를 꺼내지 않았다. 그리고 의외로 역사 찬술 작업은 자연스럽게 다시 시작되었다. 아마 그동안 시궁창 같은 일상을 살면서 쌓인 게 많았던 탓일까? 예전 같은 열정은 아니었지만, 저마다 캐릭터에 과몰입하려고 애쓰는 듯했다. 그런데 중간에 카톡이 울리고 말았다. 공치열이었다.

이제 봤습니다. 여러분 오늘 모이셨군요? 이야~ 저도 지금 홍콩 여행 중인 것만 아니었어도 갔을 텐데요. 아쉽습니다. 그나저나 홍콩 습도가 엄청나네요, 정말~ 여러분은 이 시기에 홍콩 여행 가지 마시지요. 어휴.

공치열은 여행 사진 몇 장을 올렸다. 우리는 '멋지네요' 따위의 몇 마디를 했고, 그는 다시 잠수를 타버렸다. 그리고 몇십 분 뒤 그날의 모임은 파했다. 최무정은 부지런하게 또 다음 모임을 공지했지만, 정재준과 나는 시간이 안 날 것 같다는 모호한 말로 불참 의사를 밝혔다. 그러자 얼마 뒤, 최무정은 폭발했다. 어마어마한 장문의 톡을 남긴 것이다.

이런 말을 하고 싶지는 않았는데, 공치열 씨 당신은 전생자가 아닙니다.

이렇게 시작한 장문의 내용은 아주 적나라했다. 공치열이 전생자일 리가 없는 이유, 그동안 참아줬던 부분들, 수준 낮은 역겨움들, 인신공격에 가까운 이야기까지. 마무리는 이러했다.

당연하게도 당신은 보그나르 역사 찬술 모임에서 제명될 것이고, 역사서에 기록된 모든 내용도 삭제될 것입니다. 평범한 인간답게 주제에 맞는 삶을 잘 살기를 바랍니다.

정재준과 나는 이 장문에 숨죽였고, 한참 뒤에야 공치열이 '?' 하나를 띄웠다. 그걸 확인한 순간 최무정은 칼같이 공치열을 단톡방에서 내쫓았다.

최근 우리 찬술 모임에 불미스러운 일이 있었음을 인정합니다. 하지만 잘못된 걸 과감히 도려냈고, 늦지 않았다고 생각합니다. 다음 모임에는 꼭 참여해 주시길 바랍니다. 역사서에 수정할 부분이 너무나도 많습니다.

정재준의 대답은 '예'였고, 나도 그러기로 했다. 이틀 뒤 카페에 모인 우리는 역사서의 첫 페이지부터 되짚기 시작했다.

"파티에 전사가 없지는 않았겠지만, 아직 우리가 진짜 전사를 만나지 못한 거라고 봅니다. 가짜 전사가 지어낸 기억 위주로 작성된 부분들은 철저히 수정하도록 하지요."

최무정은 역사 수정 작업에서 정재준과 나에게 많은 지분을 내주었다. 공치열이 펼쳤던 활약들을 일부러라도 우리에게 배분했다. 왜 그런지 그 의도가 뻔히 느껴졌지만, 정재준과 나는 모른 척 그냥 받아들였다. 나쁠 건 없었으니까.

"여기서는 육탄 돌격으로 성벽에 구멍을 뚫었다기보다, 재준 씨의 마법으로 성문을 연 게 아닐까 합니다. 재준 씨 아이디어라면 뭔가 나오리라 보거든요."

"아아, 그럴 수 있어요. 매우 가능하지요. 제가 또 마법 결합의 고수지 않습니까?"

"네, 맞습니다. 그리고 남우 씨. 전사가 기원의 춤으로 비가 내리게 하는 건 일시적이지만, 땅의 지력을 살리는 건 지속성이 있죠. 성직자의 축복으로 땅의 지력을 살리는 일이 가능할 것도 같은데, 기억이 나십니까?"

"기억이 날 것도 같네요. 사실 농사지을 땅에 축복을 내리는 일도 성직자의 중요한 업무 중 하나거든요."

이날 이후로 정재준과 내가 빠지는 일은 없어졌다. 최무정의 태도가 이전과는 달랐다. 리더랍시고 다소 강압적으로 휘둘렀던 모습이 사라졌고, 우리들의 의견에 훨씬 더 잘 동의했다. 그걸 보고 깨달았다. 이 모임이 사라지면 가장 큰일 나는 사람이 누구였는지 말이다. 그 누구보다 이 모임을 유지하고 싶어 하는 사람이 누구였는지를.

어쨌든 우리는 다시 과몰입하기 시작했다. 시궁창인 현생을 잊는 데는 꼭 전생의 활동이 필요했다. 『보그나르 역사서』는 다시 새로운 역사를 기록하게 되었다.

공치열은 처음부터 없었던 사람처럼 잊었다. 그런데 어느 날, 공치열에게서 연락이 왔다.

남우 씨랑 재준 씨한테 꼭 식사 대접을 하고 싶네요. 할 이야기도 좀 있고요. 시간 되십니까?

나와 정재준은 상의했고, 최무정에게는 말하지 말고 한 번 나가기로 했다. 공치열은 무려 한우 오마카세를 샀는데, 우리가 충분히 만끽한 뒤에야 본론을 꺼냈다. 그는 이 말을 꼭 우리 얼굴을 보면서 하고 싶었던 모양이었다.

"최무정 씨가 요즘에 좀 힘드십니까?"

"예?"

"아니 뭐, 최근에 최무정 씨와 대화를 좀 했는데 말입니다. 글쎄 최무정 씨가 『보그나르 역사서』를 1,000만 원에 살 생각이 없느냐고 묻지 뭡니까?"

"뭐라고요?"

충격적이었다. 이 말을 들은 정재준과 내 표정이

어땠을지 몰라도, 우리의 반응을 확인한 공치열의 얼굴에는 만족스러움이 가득했다.

"아니, 뭐 1,000만 원이 무슨 누구 집 개 이름도 아니긴 한데. 그래도 그 대단한 『보그나르 역사서』니까 좀 쳐줘야 하는 건지 잘 모르겠습니다, 하하. 이거 참. 뭐, 한때는 그게 뭐라고 참 갖고 싶었던 책이긴 했죠."

공치열의 비웃음 섞인 말에 우린 아무 말도 하지 못했다.

"결론적으로는 뭐, 그냥 제가 사드리기로 했습니다. 최무정 씨가 오죽하면 그럴까 싶어서 돕는 셈 치고. 근데 두 분에게는 알려드려야 할 것 같아서요. 그 책의 소유가 온전히 한 사람의 것이라고만 할 수 있나 싶기도 하고. 모두 다 열심히 작성했는데요. 안 그렇습니까?"

우리는 처참한 기분으로 돌아와야 했다. 바로 다음 날 이어진 모임에서, 정재준은 분노를 쏟아 냈다.

"『보그나르 역사서』를 공치열에게 팔기로 했습니까?"

"예?"

그 순간 당황한 최무정의 안색이 모든 게 사실임을 말해주었다.

"어떻게 그걸 팔 생각을 합니까? 전생의 기억을 되찾는 게 우리의 소명 아니었습니까? 역사를 당신 혼자 썼습니까? 당신이 뭔데 그걸 혼자 팔아넘기죠?"

나 또한 최무정에게 실망의 말을 퍼부을 수밖에 없었다. 기어이 정재준의 입에서 욕설까지 튀어나오고 그대로 모임은 파했다. 정재준은 마지막으로 단톡방에 모욕의 말들을 쏟아 내고 나가버렸다. 나 또한 나가며, 보그나르 역사 찬술 모임은 허무하게 끝이 나버렸다.

*

너무나도 허탈했다. 후폭풍이 좀 있었다. 나는 지난 1년간 뭘 한 걸까? 이런 이야기는 부끄러워서 누구에게도 하지 못한다. 그냥 TRPG를 즐겼을 뿐이라고 변명하고 싶지만, 가슴에 손을 얹고 솔직히 말한다면 전부 인정해야만 했다. 진짜 전생자일지도 모른다고 생각하지 않았나? 진짜 전생자니까 그런 꿈까지 꾼 거라고 생각하지 않았나? 개뿔 같은 개꿈을 가지고 말이다.

어떻게 하면 내 인생의 흑역사를 잊을 수 있을까 고민하던 어느 날, 최무정이 정재준과 나를 단톡방에 초대했다. 단지 그뿐, 아무런 말도 하지 않았다. 왜 갑자기 초대했나 싶었는데, 다음 날 정말 말도 안 되는 사실을 알게 되었다.

최무정이 공치열을 살해했다.

『보그나르 역사서』를 팔기로 하고 만난 그날, 최무정이 공치열을 마구잡이로 찔러 죽여버린 것이다. 믿기지 않는 이야기였다. 정재준과 나는 참고인으로 경찰서에 출석하게 되었다. 최무정이 공치열을 살해할 때 만든 단톡방에 우리가 있었으니까. 경찰은 최무정이 입을 여는 조건으로 우리를 대면케 해주었고, 그제야 최무정은 이유를 설명했다.

"갑자기 전생의 기억이 돌아왔습니다. 공치열은 사실 전생에 마왕의 끄나풀이었습니다. 언젠가 그는 이 지구에 마왕을 불러올 수도 있는 자였습니다. 저는 용사로서 해야 할 일을 할 수밖에 없었습니다. 비록 이곳에서 엄청난 죗값을 치러야 한다지만, 용사는 인류를 구하는 사람이니까요."

그렇게 말하는 최무정의 눈은 한없이 흔들리고 있었다. 나는 이 미친 사람에게 어떤 말도 할 수가 없었다. 전생자로서의 대의로 공치열을 죽였다고 그는 말했지만, 내 눈에는 열등감과 분노가 만들어 낸 살인자의 얼굴만 보였다. 최무정은 마지막으로 정재준과 내게 부탁의 말을 남겼다.

"어쩔 수 없이 당분간 저는 『보그나르 역사서』를 찬술할 수 없게 됐습니다. 하지만 역사 찬술 활동을 멈춰선 안 됩니다. 제가 돌아올 때까지 두 분이 이어가 주시길 바랍니다. 우리 『보그나르 역사서』를 잘 부탁드립니다."

완전히 질려버렸다. 나와 정재준은 대충 짐작되는 정황을 경찰들에게 설명한 뒤 경찰서를 나섰다. 그때까지도 이게 정말 현실에서 일어난 일인가 싶었다. 비스듬한 길을 내려가 경찰서 정문에 다다랐을 때, 정재준과 나는 서로를 돌아보았다.

"와, 이게 참….."

"뭐라 할 말이 없네요, 정말."

이 일은 내 인생에서 가장 인상적인 사건 중 하나로 남을 듯했다. 헤어지기 직전 정재준은 내게 말했다.

"근데 『보그나르 역사서』요. 지금 경찰서에서 보관 중이겠지요?"

"예?"

"그거 받아 가려면 어디로 문의해야 할까요? 사건도 다 종결됐으니까 증거로 보관할 필요도 없을 거잖아요."

"가져가시게요?"

정재준은 내 눈을 피하며 말했다.

"그냥요."

상황이 이 지경이 됐는데 지금 그 책을 가져가려 한다고? 소유하고 싶어 한다고? 그런 생각이 들면서도 동시에, 내 입은 말하고 있었다.

"근데 그걸 재준 씨가 가지는 게 맞나요?"

*

    여전히 전생자 이야기를 믿는 건 아니다. 지금 『보그나르 역사서』가 내 책상 위에 있는 건 단지 정당한 소유권 행사일 뿐이다. 한 달씩 보관하기로 한 이상 당연히 보장되어야 할 권리로서 말이다.

    사실 따지고 보면 처음부터 허무맹랑한 얘기였다. 이세계를 구한 영웅들이 지구로 전생했다 쳐도, 그렇게 대단한 영혼들이 이렇게 시궁창 인생을 살 리가 있겠는가? 설령 그럴 수 있다고 쳐도, 서로 목숨을 맡기며 모험했던 끈끈한 동료들 사이에서 살인 사건이 일어난다고? 말도 안 된다. 정말로 말도 안 된다. 안 되긴 하지만….

    "그래도 생각난 건 생각난 거니까…."

    나는 연필을 들었다. 지난달에 정재준이 쓴 부분이 마음에 들지 않으니 수정은 해야 할 것 같다.

*

다음 날이면 잊힐 생생한 꿈을 꿨다.

디바인 실드! 홀리 디바인 실드!

꿈속에서 나는 온몸이 부서지게 마왕의 공격을 막아냈다. 그리고 드디어 난 처음으로 뒤를 돌아보았고, 동료들의 얼굴을 확인했다. 세 명. 설마 했지만, 내게 너무나도 익숙한 얼굴들이 빠짐없이 그곳에 서 있었다. 마법사가 마력을 모은 지팡이를 겨우 들어 올렸고, 전사가 칼을 버리고선 양손으로 지팡이를 잡아 거들었고, 용사가 자기 생명력을 쏟아부었다. 마침내 봉인이 완성되었을 때 마왕은 저주했다.

너희들의 영혼 또한 차원의 틈새를 떠돌게 되리라. 그곳에서 너희들의 영혼이 전혀 특별하지 않음을 깨닫게 되리라.

마왕의 말은 적중했다. 용사가 전사를 살인하는 하찮은 세계에서, 정말 지날칠 만큼 정확히 적중했다. 전생에서 이세계 영웅이었으면 뭘 하는가? 현생에서는 어차피 하나의 인간, 뻔한 인간, 그저 시궁창일 뿐인데.

내일을
부르는
키스

쥐뿔도 없으면서 신혼여행을 머나먼 남미로 가게 된 이유는 남편 김남우의 성향 때문이었다. 모험을 좋아하던 그는 아내 홍혜화를 설득해 아르헨티나행 비행기에 함께 올랐다. "여행은 곧 계획"이라던 홍혜화는 비행기 안에서도 코스를 재점검했지만, 김남우는 신경도 쓰지 않았다.

"어차피 막상 도착하면 즉흥적으로 행동하게 되어 있어. 계획대로 안 되는 게 여행이라니까?"

"으이구, 내가 또 혼자 다 챙기지."

"혼자 다 챙기는 너만 내가 챙기면, 결국 내가 다 챙기는 셈이지! 우리 꼬맹이 내가 지켜주고 케어해 주고 다 할게!"

"말이라도 못하면."

아르헨티나에 도착한 부부는 죽기 전에 꼭 보고 싶었던 이구아수폭포도 보고, 배 터지게 스테이크도 먹으며 여행을 즐겼다. 그러나 두 사람의 여행은 돌발행동을 하려는 김남우를 홍혜화가 만류하는 방식으로 순탄치 않게 흘러갔다.

"그 아저씨가 추천한 식당 한번 가보자니까? 찐 로컬 식당이잖아."

"그 동네 길도 모르면서 위험하게 로컬 식당은 무슨 로컬 식당이야? 검증된 식당 놔두고. 절대 안 돼."

"스카이다이빙 정말 안 해보고 싶어? 아르헨티나가 엄청나게 싸다니까? 일생의 기회다, 이건 진짜!"

"나 심장마비로 죽는 꼴 보려고 그래? 갑자기 무슨 스카이다이빙이야. 계획대로 하자, 계획대로. 응?"

"혜화야, 대박 뉴스! 이 동네 유지 딸이 결혼했다고

지금 밤새도록 축제래! 거기 아무나 들어가도 된다는데 우리도 가서 구경해 보자!"

"미쳤어? 모르는 사람 결혼 파티를 왜 가? 그리고 밤 10시 넘어서 외출은 죽어도 안 된다는 거, 합의했지?"

모든 요구를 계속해서 거절당하던 김남우는 신혼여행을 끝내고 귀국하기 이틀 전, 딱 한 번 자신의 주장대로 할 수 있는 권리를 얻어냈다. 그리고 그날 사건이 터졌다.

현지인들도 가지 않는 해안가 동굴을 탐험하던 두 사람은 우연히 숨겨진 통로를 발견했다. 통로 끝에는 원숭이와 올빼미를 섞은 듯한 모양새의 신비한 석상이 둘 있었는데, 서로 키스하는 자세를 하고 있었다. 석상을 구경하던 부부가 무심코 장난처럼 키스를 한 순간, 갑자기 주변에서 스파크가 일어났다. 움찔 놀라 입술을 떼자, 부부의 머릿속에서 낮은 울림이 들려왔다.

너희들의 키스가 영원 속의 나를 깨웠다.

화들짝 놀란 부부는 주변을 두리번거리다가 서로를 돌아보았다.

"너, 너도 방금 들었어?"

"오빠도? 키스가, 뭐라고?"

부부는 떨리는 눈으로 석상을 바라보았다. 키스하는 석상 둘 중에 왼쪽 석상이 말하고 있다는 게 직감적으로 느껴졌다.

내 짝이 깨어나기 전에 마지막으로 기회를 주겠다. 오늘 하루 동안은 더 이상 키스하지 마라.

착각이 아니었단 것을 깨달은 홍혜화는 비명을 질렀다. 김남우는 홍혜화를 뒤로 숨기면서 석상에게 물었다.

"키스하면 어떻게 됩니까?"

너희는 저주를 받을 것이다.

"저주? 어떤 저주입니까?"

키스하지 않으면 내일이 오지 않는 저주다.

"예? 내일이 오지 않는 저주요?"

"오빠! 가, 가자! 무서워!"

"잠깐만, 잠깐만."

김남우는 홍혜화를 진정시키며 물었다.

"내일이 오지 않는다는 건 저희가 오늘 죽는단 말입니까?"

아니다. 내일 대신 또 오늘이 시작된다는 말이다.

"또 오늘이 시작된다고? 그게 무슨 말입니까? 내일이 또 오늘이란 말입니까? 목요일에 잠들면 다음 날도 목요일이라고?"

그렇다. 저주에 걸린 너희가 키스하지 않는다면 영원

내일을 부르는 키스

히 내일은 오지 않는다.

"그럼 키스를 한다면요?"

내일이 찾아올 것이다.

"키스만 하면 된다…?"

김남우는 심각한 얼굴로 생각에 잠겼다. 홍혜화가
그의 옷을 잡아끌며 언성을 높였다.

"가자고, 좀!"

"혜화야, 잠깐만! 이건 저주가 아니야. 아니, 잘만
이용하면 축복이야!"

"뭐? 무슨 말이야?"

"모르겠어? 이건 기회라고!"

김남우는 흥분한 얼굴로 홍혜화에게 설명했다.

"같은 하루를 반복한다는 건, 오늘 일어날 일이 무
엇인지 다 안다는 거 아니야? 그 말은, 토요일에 로또
번호를 알아내고 키스를 하지 않으면 그 상태로 다시 토

요일 아침을 맞이할 수 있다는 말이야!"

"어?"

"그것뿐만이 아니야! 주식, 토토, 카지노, 모든 결과를 다 미리 알 수 있잖아!"

"아!"

"그게 단 줄 알아? 무한의 시간을 활용해서 원하는 걸 마음대로 즐길 수 있다고! 우리 이번 신혼여행도 너무 짧다고 계속 불만이었잖아! 같은 오늘을 반복한다면? 첫 번째 오늘은 이구아수폭포, 두 번째 오늘은 바릴로체, 세 번째 오늘은 엘 칼라파테! 원하는 만큼 더 보고 더 즐길 수 있다고!"

김남우의 말을 이해한 홍혜화의 표정이 조금씩 상기되기 시작했다. 하지만 그녀의 목소리에는 여전히 불안감이 묻어났다.

"하지만 영원히 오늘에 갇힐 수도 있는데? 저주잖아? 괜히 저주겠어?"

"우리가 키스만 하면 내일로 넘어갈 수 있다잖아! 반복하고 싶은 날에는 키스를 안 하고, 넘어가고 싶은 날에만 키스를 하면 되는 거지! 이건 저주의 탈을 쓴 축복이야!"

김남우의 말이 끝나자마자 석상의 목소리가 울려왔다.

그대들의 사랑이 변치 않는다고 자신하는가?

움찔 놀란 두 사람은 석상을 돌아보았고, 두말하면 잔소리라는 듯 김남우가 외쳤다.

"절대 변치 않아요! 죽을 때까지 매일 키스할 수 있습니다."

그렇게 자신한다면, 저주를 원한다면 키스해라. 저주가 그대들에게 내릴지니.

김남우는 홍혜화를 정면으로 돌아보았다.

"혜화야. 나 믿지?"

"오빠."

홍혜화의 표정은 잔뜩 긴장해 있었지만, 부정의 말은 나오지 않았다.

"혜화. 너도 이게 기회인 건 이해하지?"

"그렇긴 한데….."

"솔직히 말해서, 우리 대단할 거 없는 인생이잖아. 우리 인생이 어떻게 흘러갈지는 이미 너도 알고 있지? 아등바등, 그럭저럭, 적당히 살다가 적당히 죽겠지. 네 예상을 벗어나는 새로움이 우리 인생에 있을 것 같아? 반전이 하나라도 있을 거라는 생각이 들어? 솔직히?"

김남우의 말에 끝내 홍혜화는 각오하며 고개를 끄덕였다. 두 사람은 다시 한번, 석상 앞에서 키스했다. 그러자 오른쪽 석상의 음성이 머릿속에서 울렸다.

너희들의 키스가 영원 속의 나를 깨웠다. 영원은 이제 너희의 것이다.

곧이어 왼쪽 석상의 음성도 울렸다.

이제 그대들의 시간은 오직 사랑으로만 움직일 것일 지니.

그 순간, 부부의 머릿속에 폭탄이 터진 듯한 굉음 이 울렸다. 두 사람은 비명을 내지르며 머리를 부여잡고 주저앉았다. 이어지는 정적 속에서 안정을 되찾은 부부 는 조심스레 일어나 석상을 바라보았다. 석상의 신비로 운 기운은 모두 사라져 있었다.

"되, 된 건가? 저주에 걸린 거야?"

홍혜화의 물음에 김남우가 고개를 끄덕였다.

"글쎄, 내일이 되면 알겠지. 내일은 키스하지 말아 보자."

"그래. 알았어."

부부는 상기된 얼굴로 동굴을 빠져나왔다. 다음 날, 부부는 일정을 취소하고 호텔에 머물렀다. 굳이 관 광을 나가지 않더라도 그 저주가 사실이라면 무엇을 할 수 있는지 얘기하는 것만으로도 즐거웠고 시간도 금세 흘렀다. 로또에 당첨되는 상상도 해보고, 건물주가 되는 상상도 해보고, 사고 싶은 것과 하고 싶은 일도 말해 보고.

종일 키스하지 않고 하루를 넘긴 부부는 침대에 누워 잠을 청했다. 쉽게 잠들지 못하다 새벽에야 잠이 든 부부는 아침에 눈을 뜨자마자 서로를 깨우며 핸드폰을 확인했다.

"됐다! 또 목요일이야!"

"고장 난 거 아니지? 확실해?"

"확실해!"

부부는 기쁨의 환호를 내질렀다. 정말 마법처럼 같은 하루가 반복된 것이다. 일어나는 사건도 정확히 똑같았다. 어제 나왔던 조식이 그대로 배달되었고, 어제 걸려 온 전화가 같은 시간에 걸려 왔다. 청소 바구니를 놓칠 아주머니를 도와줘서 사건을 바꿀 수 있다는 사실도 확인했다.

부부는 펄쩍 뛰면서 밖으로 뛰쳐나갔다. 늘 경비가 모자라서 여행 내내 구두쇠처럼 아꼈었는데, 오늘 모든 경비를 남김없이 다 쓸 생각이었다. 이것이 부부가 어제, '반복되는 목요일'에 대해 생각해 낸 첫 번째 계획이었다.

모든 돈을 다 털어 정말 즐겁게 하루를 보내고, 다음 날 '반복되는 목요일'의 아침이 왔다. 부부는 똑같은 상태의 지갑을 확인하고 크게 웃었다. 돈을 다 써도 그대로 돌아오는 무한의 지갑이었다. 부부는 앞으로 며칠간 키스하지 않은 채 아르헨티나의 모든 걸 남김없이 즐기기로 했다.

하지만 부부는 기존 계획과 달리 일찍 키스를 했다. 귀국해서 하고 싶은 일이 너무 많았기 때문이었다. 한국으로 돌아온 부부가 가장 먼저 확인한 건 시차에 따른 저주의 변수였는데, 저주는 한국 시간에 저절로 맞춰져 있었다. 그렇다면, 계획대로다. 부부는 곧장 로또에 당첨됐다.

"1등이야, 1등! 우리 진짜 로또 1등에 됐다고! 세상에, 이게 꿈이야 생시야?"

"너무 좋아! 키스하자! 이렇게 기쁠 때 당연히 키스해야지!"

"아, 맞아! 키스해야 없었던 일이 안 되지! 빨리 키스하자!"

부부는 평생 가장 기쁜 키스를 나누었다. 부부가 산 당첨 로또는 두 장이었는데, 일부러 각각 한 장씩만 당첨되도록 했다. 한 주에 열 장도 당첨될 수 있었지만, 뉴스거리로 유명해지는 건 피하기로 했다. 부부는 저주 활용법에 대한 깊은 대화를 나눈 뒤였다. 만반의 준비를 했으니 남의 시선을 사지 않고 돈을 불리는 건 일도 아니었다.

귀국 후 초반, 부부는 돈 버는 일에 재미가 붙어 시간 가는 줄 몰랐다. 복권, 주식 선물, 토토, 코인 등등으로 부부의 재산은 기하급수적으로 늘어났다. 버는 재미 다음은 당연히 쓰는 재미였다. 말 그대로 써도 써도 줄지 않는 돈을 펑펑 낭비하는 일이란 부부가 평생 경험해 보지 못했던 즐거움이었다. 경제활동을 하지 않아도 되니 곧장 퇴사했고, 퇴사하면서 속 시원하게 하고 싶은 말을 다 쏟아 낼 수도 있었다. 퇴사의 짜릿함을 하루만 소비하는 건 아까웠기에 그날을 몇 번 반복하며 일종의 퇴사 이벤트를 즐기기도 했다. 폭로 쇼, 기물 파손, 데이터 삭제 등등. 최종적으로 통쾌했던 방법을 전부 다 저지르고선 그날을 넘어갔다. 동종 업계에 소문을 내든 고소를 하든 상관없었다. 원한다면 돈으로 아예 회사들을 다 사버릴 수도 있는 게 그들이었다.

돈을 쓰는 일이 이렇게 바쁜지 누가 알았겠는가? TV에 나오는 유명 쉐프를 고용해 보기도 하고, 퇴사 잔치를 열어서 유명 가수를 초청하기도 하고, 모교에 자기 이름으로 된 도서관을 세우기도 했다. 돈 쓸 곳은 너무나도 많았다. 아침부터 명품 매장에 들러 "여기서부터 여기까지 전부"라고 말하며 싹쓸이하고, 국내에서 가장 비싼 호텔 방을 잡아 최고급 룸서비스를 몽땅 다 즐겼다. 그렇게 어마어마한 돈을 쓰고 난 후에 기분에 따라 키스를 하는 사치를 부리기도 했다.

"에라이! 돈은 또 벌면 되지! 당장 네게 키스하고 싶어, 난!"

"나도 완전 동의!"

온갖 사치스러운 생활을 소모적으로 즐기던 부부는

점차 계획적으로 즐기는 단계에 들어섰다. 서울에 고급 아파트와 단독 저택을 샀고, 빌딩도 몇 채, 차도 여러 대 샀다. 사회적 직위로 써먹을 회사를 차리기도 했다. 투자 회사였는데, 수익을 기대할 수 없는 예술인에게 중점적으로 지원했다. 마치 그 옛날 메디치 가문처럼 말이다. 그 과정에서 크게 한 번 사기를 당하기도 했는데, 전혀 문제가 없었다. 아침으로 돌아가 역으로 사기꾼을 응징할 수 있었으니까 말이다.

무엇보다 부부가 가장 즐거웠던 건, 사랑하는 주변 인들을 경제적으로 독립시키는 일이었다.

"아이, 아버지! 아들 회사 규모 안 보여? 평생 놀고 먹어도 돈이 썩어난다니까! 은퇴하셔도 돼! 그리고 형! 형 외제 차 몰아보는 게 소원이라고 했지? 우리 회사 부대표로 스카우트할 테니까, 외제 차 종류별로 몰아봐! 그 회사는 좀 빨리 때려치우고! 부대표는 무슨 일을 하면 되냐고? 그냥 밑의 사람들 관리하면서 노는 게 일이야. 형, 그거 특기잖아."

"엄마 진짜 장녀 잘 둔 줄 알아! 빌빌거리는 동생들

가게 하나씩 다 차려줄 테니까! 엄마가 빌딩 관리해. 돈 쓰는 거 제발 이제 참지 좀 말고! 참, 할머니도 우리가 모셔 와야지? 마당 있는 큰 저택에서, 입주 간병인도 두고. 응? 아이, 울지 말고 엄마."

부부는 주변인들을 챙겨줄 수 있는 인생이 너무나도 행복했다. 다만, 파리 같은 사람들이 꼬이는 건 반갑지 않았다. 골치 아픈 문제였지만, 부부는 해결 방법이 있었다.

"정말 우리가 챙길 사람인지 아닌지 테스트해 보면 되잖아. 상대방 입장에선 테스트하는 게 기분 나쁠 수 있지만, 어차피 하루를 되돌리면 없던 일이 되잖아?"

"그렇네! 그리고 그 방법이면 정말 실감 나게 테스트해 볼 수도 있어."

부부는 애매한 지인들이 도움을 요청할 때마다 그들을 테스트했다.

"무정아. 이 가방에는 현금 10억이 들어 있다. 보여줄게. 자, 네가 원한다면 이 가방을 가져가서 써도 돼. 대신 그렇게 하면 나와 너는 영원한 남남이 되는 거야.

나는 널 무시하고 바퀴벌레보다 못하게 대할 거다. 그래도 괜찮다면, 이 가방을 가져가."

이 테스트를 시작하고 나서 부부는 정말 많은 사람에게 실망했다. 어쩜 그렇게 다 가방을 선택한단 말인가? 그래도 그들에게 손해는 없었다. 하루를 되돌리면 10억을 준 일조차 없던 일이니까 말이다.

부부는 또 일부러 파산해서 돈을 빌려보기도 하고, 엄청난 사고를 저지른 뒤 도와달라고도 해봤다. 결코 속임수라 볼 수 없는 상황들이었기에 사람들의 반응은 리얼했다. 테스트를 통과한 사람들의 존재는 큰 감동으로 다가왔다. 그들에게 부부는 온갖 지원을 아끼지 않았다.

"평생 곁에 둘 사람이 누군지 이렇게 알게 되네. 사람은 정말 모른다. 와."

"이 저주가 있어서 정말 다행이야. 우리 삶을 진짜로만 채울 수 있잖아? 이건 단순히 돈뿐만이 아니라, 사람도 얻을 수 있는 힘이었어."

부부는 마치 그들만의 왕국을 건설하듯 주변을 풍요롭게 가꾸어 갔다. 삶이 즐겁다 보니 그냥 키스해 버리는 날이 점점 많아졌다. 일상의 풍요가 쌓이다 보니 순간적인 즐거움이 반복되는 것보다는 내일이 빨리 찾아오는 게 더 좋았다. 물론 키스를 거르는 날도 가끔 있었다. 좋았던 콘서트를 한 번 더 보고 싶을 때나, 준비하기까지 오랜 시간이 걸리는 성대한 생일 파티를 다시금 즐기고 싶은 특별한 경우에 말이다.

어느 순간부터 부부는 거의 잠들기 직전에 키스할지 말지를 결정했는데, 예상치 못한 사건을 놓치지 않으려면 그게 가장 합리적이었기 때문이었다. 그러다 보니 더는 키스가 키스가 아니게 되었다. 아침부터 잠들기 직전까지는 어차피 키스를 못 했고, 밤에 하는 키스도 점점 내일을 부르는 방편에 불과해졌다. 날 잡고 애정 표현을 할 때도 있었지만, 키스라는 행위 자체에 대해선 점점 무덤덤해졌다.

그대들의 사랑이 변치 않는다고 자신하는가?

석상의 경고가 떠오르기도 했지만, 부부 사이가 나

쁜 건 아니었다. 돈을 잘 벌고 잘 쓰는 것도 나름대로 노력이 필요했고, 이런 과정 속에서 일종의 동료애가 부부의 빈틈을 메워주었다. 따지고 보면 이 힘과 비밀을 공유하는 건 온 세상에 단둘뿐이었으니까 서로에게 각별할 수밖에 없었다.

완벽한 삶 꾸미기도 어느 정도 시간이 지나자 안정세에 접어들었다. 주변도 충분히 챙겼고 스스로도 할 건 다 했다. 이제 부부는 돈과 관련된 걸 떠나, 좀 더 순수한 재미를 위해 저주를 활용하게 되었다. 그들은 불법적이거나 사회적 물의를 일으킬 만한 일탈적인 행위들을 하기 시작했다. 빌딩 꼭대기에서 현금을 뿌린다거나, 도심 한복판에서 예정에 없던 깜짝 불꽃놀이를 터트린다거나, 콘서트 표를 모조리 사서 관객이 한 명인 콘서트로 만든다거나.

"우리가 세상에 피해를 줘도 없던 일이 되고, 우리가 유튜브에 무개념으로 박제되어도 없던 일이 돼. 키스만 안 하면 뭐든지 해도 되잖아?"

일상을 탈출해 여러 가지 재밌는 일을 시도하던 부

부는 시간이 지나면서 점점 각자의 취향에 따라 갈라졌다. 모험을 좋아하던 김남우는 스릴을 좇았다. 위험한 지역을 모험하거나, 모터사이클과 행글라이딩, 파쿠르, 스카이다이빙 등을 거칠게 즐겼다. 몸을 다치더라도 아침이면 원상태로 돌아왔으니까 그 누구보다 용감할 수 있었다. 실제 확인은 안 해봤지만, 죽더라도 부활할 거란 생각마저 할 만큼 저주의 힘에 심취해 있었다.

반면 홍혜화는 인맥 쌓기에 꽂혔다. 자신이 좋아하는 유명인의 하루 일정을 알아낸 다음, 어제로 되돌아가서 우연히 엮이는 방식으로 접촉을 시도했다. 심지어 교통사고를 연출해 주목받기도 했다. 매 순간 어떤 상황에서도 그녀는 완벽한 선택지를 고를 수 있었다. 드라마에서나 봤던 "내 뺨을 때린 건 네가 처음이야" 같은 대사를 써본 적도 있었지만, 물론 효과는 없었다. 그렇더라도 유명인을 공략하는 과정 그 자체가 게임처럼 즐거웠기에 그녀는 중독될 수밖에 없었다.

두 사람이 같은 걸 즐길 때와 달리, 각자의 취미를 즐기면서부터는 충돌이 생기기 시작했다. 키스를 원하는 날과 키스를 원치 않는 날이 엇갈리기 일쑤였다.

"키스해야 한다니까? 나 오늘 그 가수 전화번호 딴
거 저장하고 내일로 넘어가야 한다니까?"

"내일부터 날씨 때문에 비행기가 못 뜬다고. 오늘
날씨가 딱이라니까. 언제 이런 날씨가 올 줄 모르는데,
나 하루만 더 놀자."

"아이, 이미 몇 번 즐겼으면 됐지! 그냥 내일로 넘
어가자니까? 난 오늘 안 넘어가면 안 돼!"

"그냥 네가 오늘이랑 똑같이 하면 또 딸 수 있는 거
아니야? 공략 방법 다 찾았잖아. 그냥 네가 며칠만 좀
양보해 줘라."

"우연이었다니까! 어떻게 우연을 보장하냐고 또!"

단순히 키스 문제로만 싸우는 게 아니었다. 둘은
서로의 취미를 싫어했다. 홍혜화는 그렇게 위험한 짓만
골라 하는 김남우를 이해할 수가 없었다.

"또 다리가 부러졌어? 아니, 그딴 짓을 왜 사서 하
냐고 진짜! 주변 사람들 다 걱정하는데 꼭 그래야겠어?
그러다 행여나 어쩌려고 그래, 진짜!"

"또 잔소리냐? 그만 좀 하자."

"뭘 그만해! 그냥 키스해 버린다! 그래야 정신 차리지!"

"어어! 오지 마! 얘가 왜 이래?"

김남우도 홍혜화에게 불만이 있었다. 홍혜화가 남자 유명인들에게 지나치게 집착하는 듯 보여 의심을 했다.

"너 그 배우랑 친해지려고 하는 저의가 뭐야? 어? 전화번호 따서 둘이 밥이라도 먹고, 술이라도 마시겠다는 거야? 아니면 지금 뭐 바람 피우는 거야, 뭐야?"

"뭐? 바람? 오빠, 무슨 말을 그렇게 해? 날 뭐로 보고 그래!"

두 사람이 티격태격하는 날들은 점점 많아졌다. 안 그래도 남들보다 몇 배의 삶을 사는 그들이었기에, 일주일에 수백 번도 싸울 수 있었다. 영원할 것 같았던 둘의 사랑에도 금이 가기 시작했다. 싸우고 난 뒤에는 '내일로 넘어가기 위한 필수 키스' 또한 처참했다.

"지금이 몇 시인 줄 알아? 어디서 뭐 하다가 이제

와?"

"빨리 키스나 해! 시간 없으니까!"

"참나!"

종일 안 보다가 밤늦게 만나 키스만 하고 헤어지는 날들이 점점 늘었다. 결국 어느 날 싸움이 극에 달했을 때, 두 사람은 되돌릴 수 없는 막말을 쏟아 냈다.

"저주 맞네. 저주 맞아! 당신 같은 사람이랑 어떻게 평생 매일 키스하냐고! 이혼도 못 할 거 아니야!"

"누군 이혼 안 하고 싶은 줄 알아? 그 얼굴에 키스 하기도 진짜 역겨워 죽겠다!"

"뭐? 뭐라고 했어. 지금!"

아예 얼굴도 안 볼 정도로 심하게 싸운 두 사람은 다음 날인 '24일 목요일'을 한 달이나 반복했다. 하지만 하루가 지겨워지면 지겨워질수록 서로 손해라는 걸 깨달을 수밖에 없었다. 특히 김남우의 괴로움이 컸는데, 공교롭게도 24일 목요일은 태풍의 영향으로 폭우가 쏟아지는 날이었던 것이다. 그가 좋아하는 취미들 대다수가 불가능했고, 같이 어울려 놀 사람들도 죄다 집에 틀

어박혀 있었다. 결국 그가 먼저 홍혜화에게 손을 내밀었다. 내심 홍혜화도 바라고 있었기에, 서로 만나서 대화를 하기로 했다. 하지만 예상치 못한 문제가 기다리고 있었다.

"뭐? 혜화 너 제주도에 갔다고? 태풍인데?"

"머리 좀 식히려고 그랬지. 내가 생각할 일 있을 때 그 집에 가는 거 알잖아."

"아니 그래도, 하. 오늘 하루 종일 제주도 가는 비행기가 안 뜨는데 어떻게 가냐…."

"나도 이럴 줄 몰랐어."

"일단 알았어. 내가 어떻게든 해볼게."

김남우는 제주도로 들어가기 위해 백방으로 알아봤지만 쉽지 않았다. 아무리 돈을 많이 준다고 해도, 비행기든 배든 위험 부담 때문에 아무도 선뜻 나서지 않았다. 물론, 돈의 액수가 상상을 초월하는 순간 나타나긴 했다. 다만 그것도 가다가 위험해서 회항하기 일쑤였다. 아예 한 번은 배가 뒤집혀서 죽을 뻔한 적도 있었다. 에어포켓 속에서 덜덜덜 떨며 버티다가 다시 24일 아침으

로 돌아가며 괜찮아지긴 했지만, 십년감수한 사건이었
다. 그의 목숨 건 시도와 고군분투를 알게 된 홍혜화는
점차 화가 풀렸다. 게다가 일부러 안 만나는 것과 만나
고 싶은데 못 만나는 것은 전혀 다른 문제였다. 만나지
못할지도 모른다는 조바심, 혹시 영원히 같은 하루에 갇
힐지도 모른다는 불안감이 섞여서 둘은 어느 때보다 서
로가 간절해졌다. 끝내 항구에서 재회했을 때, 둘은 서
로를 뜨겁게 끌어안았다.

"내가 미안했어. 그런 말을 하는 게 아니었어."

"아니야. 나도 잘못이 있었지. 우리는 평생 함께해
야 할 사이잖아. 서로를 좀 더 이해했어야 해."

"네 말이 맞아, 혜화야. 나 절대 너랑 떨어지지 않
을 거다. 그게 우리 운명이란 걸 이번에 깨달았어."

"오빠 우리는 영원히 함께야."

극적으로 화해의 키스를 한 두 사람은 며칠 뒤, 새
롭게 잘해보잔 의미로 신혼여행을 갔던 아르헨티나 해변
에 방문했다. 두 사람의 분위기는 훈훈했다. 도착한 호
텔에서는 오랜만에 비즈니스가 아닌 진짜 키스로 사랑도

나누었다. 다음 날, 함께 숙취에서 깨어난 뒤에도 좋은 관계가 유지되는 듯했지만 결국엔 오래가지 못했다.

"뭐? 여기까지 와서 또 스쿠버다이빙 같은 걸 하자고? 오늘은 호텔 안에 있기로 약속했잖아."

"알아. 하지만 내일 기상이 악화돼서 아무것도 못 한다잖아. 오늘 해야지."

"진짜 좀!"

"뭐가 진짜 좀이야? 내가 너 여기 호텔에 묵는 것도 이해해 줬잖아. 우리 원래 갔던 곳 말고 여기 묵는 것도 다, 그 뭔 가수 때문인 거 내가 모를 줄 알아?"

"뭐라고?"

부부는 다시 말싸움을 시작했고 순식간에 격해졌다. 또 입에 담지 못할 말들을 쏟아 내면서 고조에 치달은 부부 싸움은 홍혜화가 호텔을 뛰쳐나가는 걸로 마무리되었다.

"아아아악!"

홀로 남은 김남우는 호텔 방의 온갖 물건을 집어던지며 화풀이했다. 어차피 다시 아침으로 돌아갈 테니,

호텔을 다 때려 부숴도 상관없었다. 그런데 이상했다. 잠에서 깨어나 보니, 다음 날 아침이 찾아온 게 아닌가?

"뭐, 뭐야? 내일이잖아? 이게 무슨⋯."

김남우는 당황했지만, 어제 아침 잠결에 가볍게 키스했었단 사실을 떠올렸다. 이때까지도 김남우는 별로 대수롭지 않게 생각했다. 홍혜화와 연락이 안 되긴 했지만, 어느 정도 화가 풀리면 결국엔 보기 싫어도 보게 될 거라고 가볍게 생각했다.

큰일이 난 걸 깨달은 것은 그날 저녁이었다. 먼저 전화를 건 홍혜화가 다급한 목소리로 말했다.

"나 지금 인천공항이야!"

"뭐라고?"

아침에 싸우고 뛰쳐나간 홍혜화는 곧장 국내행 비행기에 올랐고, 늦은 밤 경유지인 애틀란타를 거쳐 인천공항까지 도착했다. 홍혜화도 아침 잠결에 키스한 사실을 까먹은 바람에 다시 어제 아침으로 돌아갈 줄 알고 애틀란타에서 비행기에 오른 것이다. 그렇게 그녀가 상공을 날고 있는 동안 하루가 지나가 버렸다.

"큰일 났다고 진짜!"

"큰일? 어, 잠깐만. 그럼 이거 어떻게 되는 거야? 지금 네가 한국이면… 어어?"

"오늘 안에 어떻게 만나서 키스를 하냐고! 여기서 아르헨티나까지 순수 비행 시간만 26시간이 넘게 걸리는데!"

"아! 아, 아니 이런 씨!"

김남우는 아르헨티나 호텔에서, 홍혜화는 한국으로 향하는 비행기 안에서 시작하는 아침을 반복하기 시작했다. 제주도 때와는 비교도 안 되게 심각한 상황이었다. 이대로라면 두 사람은 내일로 나아가지 못한 채 영원히 같은 하루를 반복해야 할 판이었다. 오후가 되어 통화할 수 있을 때마다 두 사람은 목소리를 높였다.

"어떡하냐고! 아니, 왜 한국을 가냐고!"

"내 잘못이라고? 내가 이럴 줄 알았어? 애초에 아르헨티나에 가자고 한 것부터가 잘못이지!"

"아니, 이게 내 잘못이야? 한국만 안 갔어도 이런 일이 벌어져?"

"그런 소리 할 시간 있으면 해결 방법이나 생각해 보라고! 어떡해!"

어떻게든 두 사람은 오늘 안에 만나서 키스를 해야만 했다. 비행기로 26시간 거리만큼 떨어진 두 사람에게 주어진 방법은 하나밖에 없었다. 두 사람이 중간 지점으로 동시에 향해서 만나는 것. 하지만 두 가지 큰 문제가 있었다. 첫 번째는 기상 악화로 아르헨티나 비행기가 뜨지 않는다는 것이었고, 두 번째는 홍혜화가 새로 하루를 시작하는 동안 상공 위 비행기에 있다는 점이었다. 심지어 오후 5시나 되어야 인천공항에 착륙해 통화도 이동도 가능했다.

아무것도 하지 못한 채로 무기력하게 며칠이 흘렀다. 자신들이 영원한 지옥에 갇힌 것이나 마찬가지란 걸 실감한 부부는 무의미한 싸움을 멈췄다. 필사적으로 해결 방법을 찾아야만 했다. 그러나 아무리 해도 두 사람이 만날 각이 안 나왔다. 중간 합류 지점을 바꿔보고, 전 재산을 털어 개인 비행기를 운영해 보고, 바닷길로 만나려고도 해보는 등 모든 방법을 써봐도 가능성이 전혀 없었다.

그렇게 매일 똑같은 하루가 1주, 2주, 더 나아가 1개월, 2개월, 3개월 가까이 흘렀다. 두 사람은 미쳐버릴 것만 같았다. 정신이 무너지지 않으려야 않을 수가 없는, 희망조차 보이지 않는 시간이었다.

그나마 김남우는 홍혜화보다 형편이 좀 나았다. 김남우는 육지에서 아침을 시작하기 때문에 시간 때울 게 좀 있었지만, 홍혜화는 대부분의 시간을 비행기 안에서 보내는 터라 할 수 있는 게 없었다. 인청공항에서 정상적인 수속을 밟고 나오면 저녁시간이었다. 그나마 그 시간도 김남우와 대책 회의를 하거나, 울거나, 싸우는 일로만 보냈다. 그녀가 정신적 한계에 다다랐을 때, 김남우가 기쁜 목소리로 말했다.

"내가 기상 정보를 체크하다가 떠올랐는데! 우리가 시도할 수 있는 한 가지가 있었어!"

"뭐? 우리가 안 해본 게 있다고? 그게 뭔데?"

"내가 계산해 보니까, 아슬아슬하게 시간이 맞을 것 같아. 혜화 네가 잠에서 깨자마자 비행기를 돌려서

멘도사에 있는 엘 플루메리요공항에 내리면 돼! 나는 차
를 타서 미리 가 있고."

"무슨 말이야 그게?"

"하이재킹 말이야, 하이재킹! 네가 비행기 기장을
협박해서 멘도사로 돌리면 된다고!"

"뭣, 미쳤어? 지금 나보고 비행기 테러를 하라고?"

"그거 말고 방법이 없잖아! 오직 그 방법만이 우리
가 다시 만나는 방법이야!"

"미친, 내가 뭔 수로 하이재킹을 하냐고?"

"잊었어? 연습할 시간은 무수히 많아. 가능한 모든
경우의 수를 다 써봐! 언젠가는 하이재킹이 가능한 최적
의 하루를 구성해 낼 수 있을 거 아니야! 네가 유명인 인
맥 공략하던 것처럼!"

"으으…."

"넌 할 수 있어! 해야만 하고!"

어차피 이대로 가만히 있다간 내일로 갈 가능성은
없었다. 홍혜화는 어쩔 수 없이 하이재킹에 도전해야 했
다. 처음에는 그냥 말로만 시도해 보았다.

"저, 저기요."

"네? 고객님 무엇을 도와드릴까요?"

"저 혹시… 비행기를 돌려서 멘도사에 있는 엘 플루메리요공항에 비상착륙 할 수 있을까요?"

"네? 그게 무슨 말씀이시죠?"

"제가 그, 몸이 좀 안 좋아서요. 너무 아파서 죽을 것 같은데 어떻게 좀….."

"네? 어디가 어떻게 아프신가요?"

"아 그게… 배가 어떻게 좀 아픈데….."

턱도 없었다. 매일 다르게 시도해 보았지만, 어떻게 해도 말로는 절대 비행기를 돌릴 수 없었다. 결국 홍혜화는 눈 딱 감고 진짜 제대로 된 하이재킹을 시도했다. 초반에는 비행기의 구조를 파악하는 일에 힘썼다. 물론 강력한 제지가 들어왔다.

"저기! 고객님! 어디로 가시는 걸까요?"

"네? 아… 화장실이 어딘가 해서요."

"화장실은 저쪽입니다. 제가 안내해 드리겠습니다."

"아 그게… 그러니까… 죄송해요!"

"앗! 고객님! 고객님!"

홍혜화가 스튜어디스를 밀치고 기내를 누빈 결과는
제압과 감금이었다. 위험인물로 취급되어 꼼짝도 못 하
는 상태로 인천공항에 내려야 했다. 그 정도는 사실 약
과였다. 기내를 파악한 그녀가 본격적으로 하이재킹을
시도한 다음부터는 장난이 아니었다.

"꼼짝하지 마! 당장 비행기 돌려!"

홍혜화는 다소 왜소한 편이었기에 승객 중 누구라
도 그녀를 어떻게든 제압할 수 있었다. 가방으로 머리를
내려치거나 주먹으로 얼굴을 때리는 등의 온갖 폭력이
그녀에게 향했다. 평생 경험해 본 적 없는 무지막지한
폭력에 그녀는 극심한 공포를 느꼈다.

"아악! 사, 살려주세요! 그만요! 안 그럴게요!"

목도 졸려보고, 팔도 부러져 보고, 기절도 해보고.
홍혜화는 이 모든 폭력을 모두 겪어야 했다. 그녀는 늘
울면서 김남우에게 전화했다.

"나 도저히 못 하겠어! 얼마나 고통스러운 줄 알

아? 내가 왜 맞아야 하는데!"

"미안하다. 하지만 그것밖에 방법이 없잖아. 혜화야, 이겨내야 해. 응?"

"네가 하라고 그럼!"

"혜화야. 넌 할 수 있어. 너 어떤 연예인이든 다 공략했잖아. 게임이라 생각하고, 응?"

"미친 새끼야!"

김남우로서는 안타깝지만 응원밖에 할 수 있는 것이 없었고, 홍혜화도 현실을 받아들일 수밖에 없었다. 그래도 시간의 힘은 대단했고, 그녀는 점점 능숙해졌다. 초반 최적의 루트는 기내식용 나이프를 빠르게 확보하는 일이었는데, 피만 봐도 덜덜 떨던 그녀가 어느새 남의 목에 나이프를 들이댈 수 있는 날이 찾아왔다.

"다들 꼼짝 마! 이 여자 죽는 꼴 보고 싶어?"

거기서 시간이 더 지나자 홍혜화는 이제 울지 않게 되었다. 그녀는 잠에서 깨자마자 조금의 지체도 없이 빠르게 행동했다. 군더더기 없이 냉정하게 움직이는 그녀의 모습은 마치 영화 속 특수 요원 같았다. 일어날 수

있는 모든 변수를 차단한 최적의 루트로 기장의 목숨줄
을 확보한 홍혜화는 차갑게 말했다.

"엘 플루메리요공항으로 돌려. 당장."

"그, 그럴 수 없습니다."

거절은 이미 그녀의 예상 안에 있었고, 그녀는 망
설임 없이 기장의 팔을 베었다. 기장이 비명을 질렀고
그녀는 그의 목에 피가 맺힐 만큼 칼을 깊숙이 들이밀며
말했다.

"돌려."

홍혜화는 드디어 비행기를 돌리는데 성공했다. 감
격스러운 순간이었지만, 그녀는 조금도 기쁜 표정을 짓
지 않았다. 비상착륙을 한 이후 어떤 일이 벌어지며 어
떻게 대처해야 하는지 곱씹을 뿐이었다.

이윽고 비행기가 엘 플루메리요공항에 비상착륙 했
을 때, 당연히 김남우도 그곳에 도착해 있었다. 그도 지
난 몇 달간 매일 16시간씩 차를 타고 달려와 홍혜화를
기다리고 있었다. 아르헨티나 전역이 악천후로 인해 대
부분의 공항이 운항을 중단한 가운데, 유일하게 서부 지

역 공항들만 입항이 가능했다. 부에노스아이레스에서 멘도사까지 철도는 폐쇄되었고 고속도로는 일부 구간만 연결돼 있어 이동 자체가 매우 힘든 상태였다. 그러나 홍혜화가 언제 도착할지 모르니 하루도 거를 수도 없었다. 그동안은 늘 허무하게 하루를 날려야만 했지만, 이번에야말로 진짜 홍혜화의 비행기가 비상착륙을 했다. 하지만 이 기적적인 상황에서도 김남우는 비관적일 수밖에 없었다. 이제 그들에게 주어진 시간은 고작 몇 초에 불과했으니까.

반면, 시계를 보고도 포기하지 않았던 홍혜화는 비행기가 서자마자 뛰어내렸다. 그러나 공항에 내려선 그녀를 맞이한 건 김남우가 아닌 경찰들이었다.

"으아아악! 이거 놔! 아아악! 놓으란 말이야!"

제압당해 몸부림치던 홍혜화는 저 멀리 공항에서 보고만 있을 김남우를 향해 피눈물로 절규했다.

"내가 그렇게까지 하는 동안 넌 도대체 뭘 한 거야! 나는 내 손에 피까지 묻혔다고! 넌 도대체 뭘 했냐고!"

홍혜화는 그렇게 긴급체포되었고 두 사람은 다시

같은 날 아침으로 돌아갔다. 그날 저녁 홍혜화는 김남우에게 쌍욕을 퍼부었고, 김남우도 인정했다. 자신 또한 홍혜화가 비행기에서 내리자마자 바로 키스할 수 있는 환경을 구축해야 했지만 그러지 못했음을 말이다.

다시 경우의 수를 쌓아가는 날이 이어졌다. 이제 공은 김남우에게 넘어갔다. 홍혜화가 비행기에서 내리자마자 키스할 수 있는 환경을 만드는 일은 생각보다 어려웠다. 공항에 어렵게 비상착륙을 해도 그들에게 주어진 시간이 고작 몇 분에 불과했다. 홍혜화가 도착하기 전에 관계자를 설득하거나, 돈으로 매수하거나, 활주로로 잠입하는 등의 방법으로는 그 몇 분 안에 홍혜화와 만나기가 어려웠다.

온갖 시도를 다 해본 김남우가 찾은 유일한 돌파구는 바로 인질극이었다. 공항에 도착한 후 홍혜화가 착륙할 때쯤 인질을 잡고 활주로로 다가가는 것. 그것만이 제시간에 두 사람이 만났을 때 다른 제지를 당하지 않는, 조금이라도 가능성이 있는 방법이었다. 홍혜화의 조언도 뒤따랐다.

"잠깐 동안이니까 나이프 정도면 충분해. 절대 겁 먹은 티 내지 말고. 찔러야 할 것 같으면 주저하지 말고 찔러야 해."

홍혜화가 그랬던 것처럼 김남우도 온갖 폭력을 경험했다. 갖은 방법으로 얻어터지는 건 당연했고, 심지어 공항엔 경찰이 상주하고 있다 보니 총도 맞았다. 하지만 김남우는 조심스럽게 모든 경우의 수를 쌓아갔다. 아깝게 실패하는 경우도 있었지만, 거의 대부분 성공에 가까워지지도 못한 채 하루를 날려 보내야만 했다. 그리고 정말 오랜 시간이 걸렸지만, 김남우도 홍혜화가 도착하는 순간에 맞춰 인질극으로 경찰의 접근을 통제하는 일에 성공했다.

홍혜화도 비행기 창으로 김남우가 활주로에 선 모습을 확인하고 기뻐했다. 그러나 그게 다였다. 그들에게 주어진 시간은 여전히 부족했다. 어떻게 해도 물리적인 시간이 모자랐다. 눈 감고도 하이재킹이 가능해진 홍혜화는 최대한 노력해서 모든 과정을 최적화해 시간을 앞당겼지만, 마지막 몇 초의 간격이 줄여지지 않았다. 1분도 안 되는 딱 몇 초. 그 몇 초가 절대 넘을 수 없는 절망의 벽이었다. 기적이 일어나지 않는 이상 두 사람에게 키스는 불가능한 미션처럼 보였다.

"그래도 오늘은 어제보다 2초 더 빨랐지?"

"2초가 의미가 있어? 장난해?"

"그래도 이렇게 줄이다 보면 언젠가는….".

"언제가는 무슨! 아무리 해도 안 되는 거 몰라? 이제 알 때도 됐잖아! 우린 영원히 이 저주 안에 갇혀 살아야 한다고! 끊어. 내일 안 올 거니까 그렇게 알아."

"혜화야!"

두 사람은 지쳐갔다. 며칠간 포기하고 각자 행동하기도 했다. 그럼에도 결국, 둘은 다시 도전할 수밖에 없었다. 이것밖에는 할 게 없었으니까. 몇 주간 그 몇 초의 벽은 절대 깨지지 않았다. 이제는 서로도 이게 불가능하단 걸 알면서도 억지로 하는 나날이 이어졌다.

그러던 어느 날, 기적이 일어났다. 재채기한 홍혜화가 실수로 기장의 얼굴을 나이프로 그어버리는 바람에 비행기가 크게 기우뚱한 날이었다. 그 행동이 어떤 나비효과를 일으켰는지 몰라도, 엘 플루메리요공항이 시야에 들어왔을 때 평소보다 30초가 빨랐다. 눈이 빠지게 시계를 노려보던 홍혜화는 크게 흥분했다. 오늘이야말로 하늘이 주신 유일한 기회였다. 이번 기회를 놓치면 우연으로라도 재연할 자신이 없었다. 그녀는 온 정신을 집중했고, 비행기가 착륙하자마자 뛰쳐나왔다. 김남우도 역시, 평소와 다르다는 걸 알았기에 흥분한 상태로 달려오고 있었다.

"혜화야!"

"오빠!"

두 발을 땅에 붙인 두 사람 사이의 거리는 대략 100미터, 남은 시간은 15초. 두 사람은 미친 듯이 서로를 향해 달렸다. 달릴수록 성공을 확신했다. 몇 번이고 그렸던 모습이 아닌가? 꿈꾸던 그날이 아닌가? 두 사람은 감격에 찬 서로의 상기된 표정을 확인할 수 있는 거리까지 가까워졌다.

그 순간, 총성이 울렸다.

"아!"

"오빠!"

달리던 김남우의 몸을 여러 발의 총알이 관통했다. 김남우가 두 눈을 부릅뜬 채 바닥을 굴렀고, 홍혜화가 비명을 내지르며 달려갔다. 쓰러진 김남우는 허공을 보며 두 손으로 총알구멍을 급히 막아섰다. 손가락 사이로 핏물이 흘러내릴 때, 도착한 홍혜화가 그의 곁에서 주저앉았다.

"오빠!"

"괘, 괜찮⋯ 괜찮아⋯."

"오빠! 어떡해! 어떡해!"

울며불며 난리가 난 홍혜화에게 김남우는 애써 웃어주었다.

"괜찮아. 오, 오빠 안 죽어. 멀쩡해. 다시 돌아가면 돼. 돌아가면 멀쩡해져. 내일 다시 시도하면⋯ 돼."

그 순간, 홍혜화의 두 눈이 사정없이 흔들렸다. 다시 돌아간다고? 몇 년 만에 처음으로 마주했는데, 다시 또? 오늘 같은 일이 다시 가능할까? 어떻게 시간을 줄였더라? 우연히 일어난 일이었는데? 다시 해도 가능할 거란 보장이 있을까? 이런 기회가 다시 올까? 안 온다면? 또 기약 없이 영원한 하루를 반복해야 하는 걸까? 그 지옥 같은 시간을 다시?

홍혜화는 조용해졌다. 그녀의 표정을 읽은 김남우의 표정도 굳었다.

"너… 너? 너, 설마…!"

그 말이 채 끝나기도 전에, 홍혜화가 빠르게 고개를 숙였다. 그녀의 입술이 김남우의 입술에 닿았다. 두 눈을 부릅뜬 김남우는 잘게 떨다가, 이내 저항하지 않고 질끈 두 눈을 감았다. 그의 두 눈에서 흘러내린 눈물이 볼을 타고 흐를 때, 홍혜화가 눈을 뜨며 시계를 확인했다. 내일이었다.

"아… 아… 아아…!"

서러운 눈물을 흘리던 홍혜화는 퍼뜩, 김남우를 내려다보며 비명을 내질렀다. 김남우의 의식이 사라지고 있었다.

"아, 안돼! 여기요! 구급차 좀 불러주세요! 사람이 죽어요! 여기요!"

그들에게로 달려오던 사람들이 두 사람을 에워쌌다.

최고급 병실 침대 위에 김남우가 누워 있다. 고용된 간병인만 여섯이었고 겉보기로는 김남우의 상태는 멀끔해 보였다.

"돈이 그렇게 많은 양반이라며? 하여간 돈 많아봤자 쓸모없어. 이 모양 이 꼴이 뭐야."

"쉿! 식물인간도 들어! 조용히 해."

"아, 들으면 뭐 어때? 식물인간이 깨어나서 고자질하겠어, 뭘 하겠어? 지금 이 병원에 이 양반 얘기 안 하는 사람이 어딨다고."

두 간병인의 대화는 문이 열리는 소리에 멈췄다. 홍혜화가 사람들을 데리고 들어오고 있었는데, 단체로 병문안을 온 김남우의 지인들이었다.

"어머, 오셨어요."

"사모님, 어서 오세요."

간병인들의 인사에 홍혜화는 잔잔하게 웃으며 고개를 끄덕였다. 남편에게로 향하는 그녀의 모습은 완벽했다. 과하지도 않고 모자라지도 않은 슬픔이 그녀에게서 우아하게 묻어 나왔다. 김남우의 지인들은 그녀 옆에서 위로의 말을 건네기도 하고, 김남우에게 직접 힘내라며 말을 하면서 시간을 보내다가 병실을 나섰다. 병원 복도로 나선 그들은 홍혜화 앞에서 참았던 수다를 떨어댔다.

"허, 그렇게 잘나가던 놈이 참… 돈 많아봤자 소용없구먼."

"아니, 근데 도대체 왜 멀쩡하던 양반이 갑자기 미친 짓을 했대? 공항에서 인질극을 벌이면 총 안 맞고 배겨?"

"몰라. 근데 저 여자가 더 미친 여자잖아. 글쎄, 인천행 비행기를 납치해서 아르헨티나로 돌렸다잖아!"

"세상에! 비행기를 납치했다고?"

"아, 몰랐어?"

"몰랐어! 근데 어떻게 저렇게 멀쩡히 돌아다닌대? 비행기 납치하고 그러면 사형감 아니야? 적어도 어디 감옥에라도 있어야 하는 거 아니야?"

"모르긴 해도, 수완이 대단한가 봐. 말도 안 되게

다 설득했다잖아. 변호사도 혀를 내두르던데? 수백 번 협상해 본 자신도 저렇게 완벽한 변론은 절대 못 할 거라고 말이야."

"대단하네. 돈만 있다고 될 일이 아닐 텐데."

사람들은 이 재밌는 얘깃거리를 계속 떠들어 댔다. 그들이 떠나간 병실, 홍혜화는 간병인들에게 부드럽게 말했다.

"잠깐 남편이랑 둘이서만 있게 해주실래요?"

"예? 그럼요. 밖에 가 있을 테니 무슨 일 있으면 호출해 주세요, 사모님."

"감사합니다. 금방 나갈게요."

간병인들이 나서자, 홍혜화는 곧장 김남우에게로 다가갔다. 그녀는 군더더기 없는 움직임으로 김남우의 입술에 키스했다.

"일주일쯤 뒤에 올게. '내일' 봐."

오늘의 할 일을 마친 홍혜화는 돌아서 병실을 나섰다. 복도에 선 간병인들이 인사하며 다시 안으로 들어섰다. 그들은 말했다.

"사모님 정말 대단하지 않아? 어떻게 단 하루도 빼먹지 않고 매일 밤 와서 키스할 수가 있지? 진짜 엄청나게 사랑하시나 봐."

"그러니까! 너무 로맨틱해. 식물인간 남편을 향한 키스라니. 정말 세상에서 가장 아름다운 키스 아니야?"

그 말에 부정하고 싶어도, 김남우는 아무 말도 하지 못했다.

작가의 말

평소 제가 쓰는 글의 평균 글자 수는 6,000자입니다. 리디 우주라이크소설에서 제안해 주신 분량을 맞추는 것은 제게 난이도가 있는 일이었다는 거죠. 저는 어려서부터 게임을 좋아했습니다. 소설 분량을 늘리는 행위는 마치 RPG 게임의 레벨 노가다와 같습니다.

지금 이렇게 낮은 레벨로 가면 못 깨! 좀 더 레벨을 올려야지만 보스 챕터를 깰 수 있어!

열심히 사냥하고, 장비도 강화하고, 새로운 기술도 배우고. 그러한 과정을 이번 소설들에서 시도했습니다. 캐릭터를 다양화하고, 각양각색의 장면을 추가하고, 주제를 더 심도 있게 표현해 보기도 하고, 맛있는 대사나 장면도 넣어보려 하고. 그리하여 기존 저의 초단편보다 더 풍성한 단편이 나왔습니다. 그러면 과연, 저는 보스를 깰 수 있을 만큼 충분한 레벨링을 했을까요?

여러분이 이 책을 보고 만족스러우셨다면, 저는 성공한 겁니다. 아니어도 저는 늘 여러분과 다시 만날 수 있게끔 게임 코인을 챙겨두고 있으니 걱정하지 마세요. 게임 속에서 레벨이 충분치 못하면 죽게 되지만, 괜찮습니다. 게임은 얼마든지 재도전이 가능하거든요. 제가 쓰는 이런 글들도 그렇습니다. 저는 언제든지 이런 '우주라이크소설' 스러운 글에 계속 재도전할 겁니다. 그땐 좀 더 충분한 레벨링을 하고서 말입니다. 기대해 주세요!

김동식

현실 온라인 게임

ⓒ 김동식, 2025. Printed in Seoul, Korea

초판 1쇄 찍은날	2025년 1월 13일
초판 1쇄 펴낸날	2025년 1월 29일
지은이	김동식
펴낸이	한성봉
편집	김학제·안태운·박소연
콘텐츠제작	안상준
디자인	최세정
마케팅	박신용·오주형·박민지·이예지
경영지원	국지연·송인경
펴낸곳	허블
등록	2017년 4월 24일 제2017-000050호
주소	서울시 중구 필동로8길 73 [예장동 1-42] 동아시아빌딩
페이스북	www.facebook.com/dongasiabooks
인스타그램	www.instargram.com/dongasiabook
트위터	www.twitter.com/in_hubble
홈페이지	hubble.page
전화	02) 757-9724, 5
팩스	02) 757-9726

ISBN   979-11-93078-42-6 03840

만든 사람들

책임편집	김학제
크로스교열	안상준
디자인	최세정
일러스트	변영근